KB122303

코미디 역사상 최고의 인기프로 "유머1번지"의 김웅래 PD가 전해 주는

웃음이 좋다

웃음이 좋다

초판 1쇄 인쇄_ 2011년 7월 21일 | **초판 1쇄 발행**_ 2011년 7월 25일
지은이_김웅래 | **펴낸이**_진성옥 · 오광수 | **펴낸곳**_꿈과희망
디자인 · 편집_김창숙, 박희진 | **마케팅**_김진용 | **인쇄**_보련각
주소_서울특별시 용산구 원효로 1가 112-4 디아뜨센트럴 217
전화_02)2681-2832 | **팩스**_02)943-0935 | **출판등록**_제1-3077호
http://www.dreamnhope.com| e-mail_ jinsungok@empal.com
ISBN_978-89-94648-12-5 03810
※ 책값은 뒤표지에 있습니다.

웃음이
코미디 역사상 최고의 인기프로
"유머1번지"의 김웅래 PD가 전해 주는
좋다
김웅래 지음
꿈과 희망

차례

chapter_ONE 웃음은 희망의 마지막 무기이다

chapter_TWO 웃음은 세상을 내 편으로 만든다

웃음은 기회를 만든다.
기회는 자기를 웃게 만들 줄 아는 그 소수의 사람들에게만 미소를 보내는 숙녀다.
화를 내지 마라.
그대가 화나 있는 1분마다 그대는 60초간의 행복을 잃는다.
– 에머슨 –

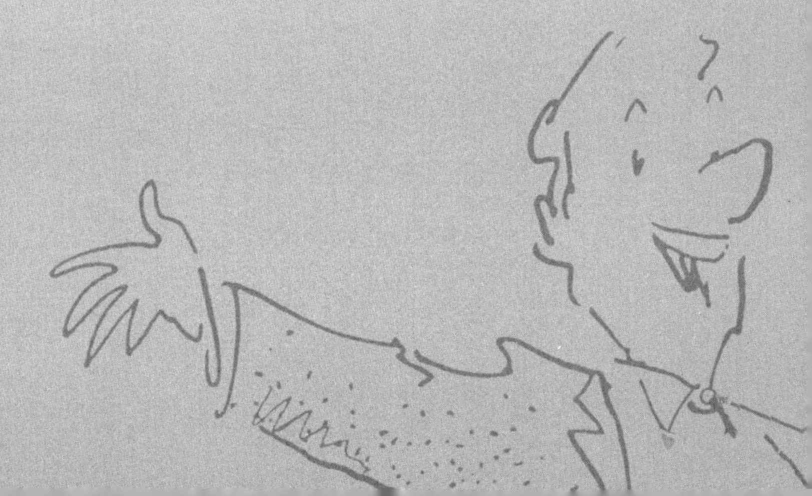

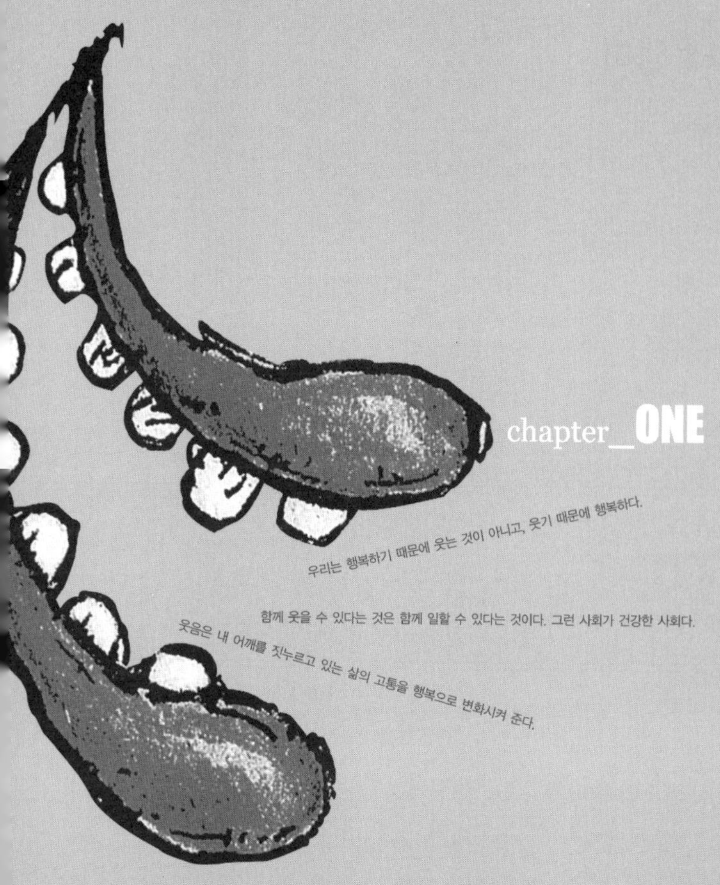

chapter_**ONE**

우리는 행복하기 때문에 웃는 것이 아니고, 웃기 때문에 행복하다.

함께 웃을 수 있다는 것은 함께 일할 수 있다는 것이다. 그런 사회가 건강한 사회다.

웃음은 내 어깨를 짓누르고 있는 삶의 고통을 행복으로 변화시켜 준다.

웃음은 희망의 마지막 무기이다

나는 웃음의 능력을 보아왔다.
웃음은 거의 참을 수 없는 슬픔을 참을 수 있는 어떤 것으로,
더 나아가 희망적인 것으로 바꾸어 줄 수 있다.
– 봅 호프

병태 엄마

병태 엄마가 임신을 했을 때, 마침 집에서 기르던 개가 새끼를 낳으려고 했다.

병태 엄마는 아기가 어떻게 세상에 나오게 되는지 가르쳐 줄 수 있는 좋은 기회라고 생각해서 병태를 데리고 가서 강아지들이 태어나는 것을 보여주었다.

몇 달 후, 엄마가 해산을 하자 병태는 동생을 보러 아빠를 따라 병원에 갔다.

아빠와 함께 신생아실을 들여다보던 병태가 아빠께 물었다.

"아빠, 전부 내 동생이야?"

살려준 거 맞아?

정신병원의 어떤 환자가 욕조에 빠져서 자살하려던 환자를 꺼내 목숨을 구해 줬다.

그 소식을 들은 병원 원장이 목숨을 구해 준 환자를 불렀다.

"병태씨, 당신의 건강 상태와 영웅적인 행동을 보니 퇴원해도 좋을 것 같습니다.

그런데 안타깝게도 당신이 살려준 그 환자가 밧줄에 목을 매 자살했습니다."

그러자 병태 왈.

"저. 그 사람은 자살한 것이 아닌데요. 제가 그 사람을 젖은 몸 말리기 위해서 매달아 놓은 겁니다."

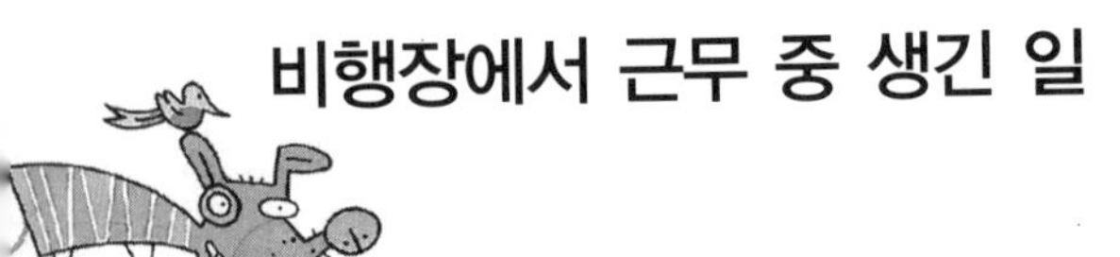

비행장에서 근무 중 생긴 일

서울 근교 공항 격납고에서 일하는 두 친구는 술을 아주 좋아했다.

"내가 전에 들은 이야기인데, 제트엔진 연료가 술과 똑같대, 한 번 마셔볼래?"

두 친구는 제트엔진에서 연료를 꺼내서 마셨고 둘은 완전히 취해서 쓰러졌다.

다음날 아침 한 친구가 잠에서 깼는데 기분이 넘 좋은 것이다. 머리고 아프지 않고 속도 쓰리지 않았다.

그때 전화벨이 울렸다.

"여보세요?"

"이봐, 자네 어떤가?"

"머리고 안 아프고 속도 괜찮아, 다음에 또 마시자고."

"응, 근데 제트연료라서 그런지 한 가지 문제가 있어."

"뭔데?"

"아침에 일어나서 방귀 뀌었어?"

"그래서?"

"너도 조심해. 나 여기 제주도야."

묘책

오랫동안 둘만이 살며 매일 싸워온 노부부가 있었다.

그들은 싸울 때마다 큰 소리를 치고 가구를 부수기 때문에 이웃들이 모두 알 정도였다.

할아버지는 항상 싸울 때마다 이런 말을 했다.

"내가 죽으면 무덤을 파고 올라와서 당신이 죽을 때까지 따라다닐 거야!"

이웃들은 할아버지가 악마의 마법을 항상 연습하고 있다고 생각하고 두려움에 떨며 살고 있었다.

어느 날 갑자기 할아버지는 죽었고 간단한 장례식을 치렀다. 할머니는 장례식이 끝나자마자 마을 술집으로 달려가 친구들과 축하파티를 열었고 밤이 깊도록 계속 술을 마셨다.

걱정이 된 이웃 사람들이 할머니에게 다가와서 물었다.

"할머니, 무섭지 않으세요? 걱정 안 되세요? 할아버지가 무덤 파고 올라와서 따라다닌다고 했었잖아요?"

그러자 할머니가 술잔을 탁 내려놓으며 말했다.

"그놈의 영감탱이 열심히 땅 파라고 해! 내가 관을 뒤집어서 넣어놨으니까!"

알아 맞춰 보세요

1. 빨아주면 좋을 것 같으나 닦아줘야 수명이 길다.
2. 커지면 당당하고 작아지면 어깨가 움츠러든다.
3. 여자를 사귀면 사용하는 횟수가 많아진다.
4. 결혼하면 소유권은 여자가 갖는다.
5. 내용물을 보관하는 은행들도 있다.
6. 술을 많이 마시면 여러 번 만져본다.
7. 어두운 곳에 있기를 좋아한다.
8. 화장실에서 가끔 확인해 본다.
9. 대분분이 거무튀튀하다.
10. 깊이 넣으면 더욱 좋다.

❖ 힌트

- 남자의 소유물.
- 마누라가 노린다.

▶ 정답 : 남자 지갑

반대 방향

지방 출장을 다녀온 멍청이가 역에서 내려 집에 들어왔다.

귀가한 남편의 얼굴이 수척해 보이자 아내가 물었다.

"여보, 당신 몸 괜찮아요?"

"조금은 컨디션이 안 좋아."

"왜요? 지방 출장 때 무슨 일이라도 있었어요?"

"기차에서 달리는 반대 방향으로 앉아서 왔더니 멀미가 나는 것 같아."

"바보 같은 사람, 맞은편에 앉은 사람한테 잠깐 자리를 바꿔 달라고 부탁하지 그랬어요?"

"그럴 수가 없었어. 그 자리엔 아무도 없었거든."

친구, 친구

성적이 떨어져 어머니에게 야단을 맞았다.

어머니는 "네가 자꾸 머리 나쁜 애랑 사귀니까 그 애에 휩쓸려서 성적이 떨어지는 거야."

어머니 충고를 따라서 그후부터는 머리 좋은 아이와 사귀기 시작했다.

그러자 어머님 말씀대로 내가 사귀는 머리 좋은 애가 바보가 되었다.

속 터져 죽은 남자와 얼어 죽은 남자

속이 터져 죽은 남자와 얼어 죽은 남자가 저승에서 대화를 나누고 있었다.

먼저 속 터져 죽은 남자가 이야기를 했다.

"아 글쎄, 마누라가 바람을 피우기에 몰래 미행을 해서 어떤 놈팽이와 같이 우리 집으로 들어가는 것을 보고 집으로 따라들어갔는데 그놈이 어디에 숨었는지 못 찾겠는 거야. 침대 밑에도 찾아보고, 장롱 속에도 찾아보고, 화장실도 뒤져보고, 베란다도 다 찾아보았지만 도저히 찾지를 못해서 내가 속이 터져 죽은 거야."

묵묵히 듣고 있던 얼어 죽은 남자가 말했다.

"그때 냉장고 속에도 찾아보았나요?"

사고친 후

여러 여자와 사고쳤지만 이런 여자는 처음이다.

얼굴이 벌게져 어찌나 서럽게 우는지 내가 정말 잘못한 것인지도 모른다는 생각까지 든다.

눈물을 흘리는 아가씨를 달래며 말했다.

"이제 그만 정리하고 헤어지면 안 되나요?"

"흑흑, 너무해요. 제게 남은 이 상처는 어떡하라고요?"

나는 애가 타서 말했다.

"돈을 준다니까?"

"처음인데 돈으로 돼요? 이 상처는 분명히 남을 거예요."

"요즘이 어떤 세상인데…… 기술이 발달해서 흔적도 없이 고친다고……."

"제가 빼라고 했을 때 뺐으면 이런 일 없었잖아요. 그렇게 밀어 붙이면 어떡해요?"

"아가씨는 도대체 몇살인데, 그런 경험도 없어?"

그 순간 경찰이 다가왔다. 당황한 나는 말했다.

"경찰까지 부르다니, 너무한 거 아니야? 나만 잘못한 것도 아니고 그쪽 책임도 있어."

경찰은 짜증난다는 듯 말했다.

"골목길에서 접촉사고 내고 차도 안 빼고 싸우면 어떻게 합니까? 당장 차 빼요!"

골프 치매 자가 진단법

* 초기 증상

- 그늘집에 모자를 놓고 나오기 일쑤다
- 타순을 잘 모른다.
- 화장실을 남녀 구분 못하고 들어간다.
- 몇 타 쳤는지 기억하지 못한다. 퍼팅 수도 잘 모른다.
- 파3 짧은 홀에서 드라이버를 빼 든다.
- 세컨드 샷을 남의 공으로 친다.
- 샤워 후 '두발용' 기름을 두 발에다 바른다.
- 주중에 운동하면서 '주말날씨 참 좋다' 고 한다.
- '레이크 힐스' 에 와서 '레이크 사이드' 냐고 묻는다.

* 말기 증상

- 깃대를 들고 다음 홀로 이동한다.
- 캐디에게 '여보' 라고 부른다.
- 벙커샷 후에 클럽 대신 고무래를 들고 그린에 오른다.
- 손에 공을 돌고 캐디에게 공을 달라고 한다.
- 골프치고 돌아온 날 저녁에 아내에게 '언니' 라고 부른다.
- 카트 타고 이동하며 라디오 뉴스 좀 틀어 달라고 한다

- 탕 안에서 그날 동반자에게 '오랜만이네' 하며 악수를 청한다.
- 식사 시간에 다른 단체팀 행사장에 앉아 박수치고 있다.

내가 누구죠?

대통령이 선거전이 한창일 때 오바마는 불안하고 복잡한 심경을 달래기 위해 매일 밤마다 백악관 근처의 술집을 찾았었다.

대통령에 당선이 된 직후, 오바마는 역시 그 술집을 찾아가 들뜬 음성으로 주인에게 물었다.

"내가 누군지 알죠?"

술집 주인은 껄껄 웃으며 오바마의 어깨를 두드렸다.

"그럼, 알지. 우리집 단골이잖아요!"

경로석

지하철 경로석에 앉아 있던 아가씨가 할아버지가 타는 것을 보고 눈을 감고 자는 척했다.

깐깐하게 생긴 할아버지는 아가씨의 어깨를 흔들면서 말했다.

"아가씨, 여기가 노약자, 장애인 지정석이라는 거 몰라?"

그러자 아가씨가 신경질적으로 말했다.

"저도 돈 내고 탔는데 왜 그러세요?"

대뜸 할아버지는 이렇게 되받았다.

"여긴 돈 안 내고 타는 사람이 앉는 자리야."

섬마을 총각 선생

섬마을로 전근을 온 지 한 달쯤 된 어느날이었다.

오늘 결석을 한 영순이가 암소를 몰고 창문 밖을 지나 건너 마을로 가는 게 보였다.

선생님인 나는 얼른 쫓아가 물었다.

"너 학교는 안 오고, 암소를 몰고 어디로 가지?"

"접붙이러 가는 길이에요."

그러니까 암소에게 새끼를 배게 하려고 황소에게 데리고 간다는 말이었다.

"그런 건 네 아버지가 해도 되잖아?"

"아니에요, 선생님. 아버지가 하면 안 되고요, 꼭 황소가 해야 돼요."

여비서 채용

여비서를 채용하는데 최종 3명이 남았다.

사장 : 자기의 특기나 능력을 말해 보게

여 1 : 저는 5개국어에 능통하고, 워드1급자격증에 1분에 100타를 칩니다.

여 2 : 저는 3개국어에 능통하고, 워드 2급 자격증에 1분에 80타를 칩니다.

여 3 : 저는 외국어에는 자신이 없습니다. 워드는 어느 정도 해서 쉬운 문서 작성은 가능합니다. 그렇지만 저는 30미터 밖에서 나는 발소리만 듣고도 사모님인지 아닌지 알아내는 데는 자신 있습니다.

그후 사장은 누굴 비서로 뽑았을까요?
물론 세 번째 아가씨를 채용했습니다.

고수 대 고수

골프를 즐기는 몸이 몹시 헤픈 여자가 있었다.

남자 3명이랑 골프를 치러 나갔다.

오늘 골프 치는 도중 가장 맘에 드는 남자에게는 모든 것을 허락하겠노라고 약속을 해놓고 골프를 시작했다.

18번 홀에서의 일이다

여자의 공이 그린에 올라, 홀컵 5미터 전방에 놓여졌다.

그녀의 퍼팅 차례다

세 남자는 어떻게 해서든지 약속을 받아내려고 안간힘이다.

남 1 : 내리막이니 힘주지 말고 살짝만 건드리세요

남 2 : 왼쪽 15도 정도 경사가 있으니 감안하고 치세요

남 3 : 뭐 이런 정도의 거리를 퍼팅을 합니까? OK입니다!

그날 그녀는 어떤 남자와 어딜 갔을까요?

부부가 운 이유

어느 사내가 등산을 갔다가 실수로 벌집을 건드렸다.

성이 나서 달겨든 벌에게 하필 사내는 거시기를 쏘였다.

온통 퉁퉁 부어서 집에 돌아온 남편의 거시기에 부인이 약을 발라주게 되었다.

퉁퉁 부어 커진 거시기를 보고 아내는 딴 생각이 들어 남편을 꼬셔서 한바탕 사랑을 하게 됐다.

부부가 사랑을 나누며 다 같이 울었다.

남편은 아파서 울고, 부인은 좋아서 울고…….

깨달음

어느날 농부가 호박을 보면서 생각했다.

"신은 왜 연약한 줄기에 이렇게 무거운 호박을 달아줬을까?

그리고 왜 튼튼한 참나무에는 보잘 것 없는 도토리를 달아주었을까?"

며칠 뒤 농부가 참나무 아래에서 낮잠을 자는데 무언가 이마에 떨어져 잠을 깼다. 도토리였다.

그 순간 농부는 큰 깨달음을 얻었다.

"휴~ 호박이면 어쩔 뻔했을까?"

담 너머

어떤 마을에서 도둑을 잡았다.

마을 사람들은 그 도둑을 흠씬 두들겨 팼다.

매를 맞은 도둑은 아파하면서도 소리를 지르며 말했다.

"저를 마음대로 하십쇼. 때려 죽여도 좋고, 목을 매달아도 좋으나 제발 담 너머로만 던지지 말아 주십쇼. 제발 부탁입니다!" 라며 애걸복걸 하는 것이었다.

마을 사람들은 '도둑이 담 너머로 던져지는 것을 죽는 것보다 두려워하는 뭐가 있구나.' 하고는 골탕 좀 먹어보라고 도둑을 담 너머로 집어 던지며 고소하다 못해 통쾌해 했다.

그런데……

도둑은 담 너머로 떨어지자마자, 한바탕 크게 웃더니 줄행랑을 쳐버렸다.

불행을 갖다 주는 사람

남편이 심장발작 후 혼수상태에 빠진 몇 개월 동안, 그의 아내는 매일매일 그를 간호하고 있었다.

그러던 어느날, 남편이 다시 제정신으로 돌아왔다. 그는 아내에게 자신에게 좀 더 가까이 오라고 말했다.

그리고 그녀에게 말하길,

"당신, 알아? 당신은 내가 나쁜 일을 겪었을 때마다 내 곁에 있어 주었소. 내가 직장에서 해고당했을 때, 당신은 나를 지원해 주었소. 내가 사업에 실패했을 때도 내 옆에 있어 주었고, 내가 총을 맞았을 때도, 그리고 우리가 집을 잃었을 때도 당신은 내 옆에 있어 주었소. 그리고 내가 이렇게 건강이 악화되었을 때도 당신은 여전히 내 옆에 있어 주었소. 그거 알고 계시오?"

"오, 여보, 새삼스럽게 무슨 말씀이세요. 당연한 도리죠."

그 한 마디에 그동안 고생이 스르르 녹아버렸다.

그때 남편이 말을 이었다.

"그래서 말인데, 내 생각에 당신은 나한테 불행을 갖다 주는 것 같아."

듣다 만 이야기

아내가 남편에게 말했다.

"어제 누가 나한테 옷을 벗으라지 뭐예요."

"뭐야! 어떤 놈이?"

"의사가요."

아내가 또 말을 건넸다.

"그리고 내가 아프다는데도 막무가내 더 벌리라고 하는 거예요."

"뭐야! 어떤 놈이?"

"치과의사요."

아내가 또 말을 이어갔다.

"좀 전에 내 테크닉이 끝내준다는 말을 들었어요."

화가 남 남편이 어이없다는 표정으로,

"그만해! 이 싱거운 여자야."

그러자 아내가 속으로 중얼거렸다.

"옆집 남자가 그랬는데……."

인사하기

인사를 잘 하지 않는 사원에게 직속 상사가 주의를 주었다.

"여보게, 상사와 마주치게 되면 머리를 숙여주지 않겠나?"

"저는 마음에도 없는 인사는 하기 싫습니다."

그러자 상사가 말했다.

"인사하라는 게 아니야. 자네 얼굴은 상사에게 불쾌감을 주니까 얼굴을 마주치지 않도록 머리를 숙이라는 말이네."

젖소부인의 유래

어느 마을에 나이든 부부가 살고 있었는데 아내의 별명이 '젖소부인'이었다.

그 동네에 새로 이사를 온 사람이 그 소문을 듣고 호기심에 부인을 유심히 살펴보았으나 가슴이 보통의 여자와 그리 차이가 나지 않았다.

별명이 왜 그런지 너무나 궁금하여 동네 사람들에게 그 이유를 물어보니, 사람들은 시원한 대답은 하지 않고 직접 확인을 해보라고 했다.

하는 수 없이 그는 몰래 담을 뛰어넘어 문 구멍으로 그들 부부의 방을 살짝 훔쳐보는데……

부부는 한참 동안 사랑을 나눈 뒤 피곤한 듯 남편이 등을 돌리고 눕자 부인은 다시 한 번 불타는 뜨거운 사랑을 요구한다.

체력이 고갈된 듯 축 늘어진 남편, 지친 시선으로 부인을 쳐다보며……,

"졌소, 부인. 오늘도 내가 졌소!"

골칫거리

불면증에 시달리고 있는 사람이 의사를 찾아갔다.

철저한 검진을 하고 나서 신체적으로는 아무런 문제가 없음을 확인한 의사가 환자에게 말했다.

"이걸 명심하세요. 불면증을 치료할 생각이라면 골칫거리를 잠자리로 안고 가서는 안 됩니다."

"잘 알고 있습니다. 그렇지만 그럴 수가 없어요. 마누라가 혼자 자려고 하지 않는단 말입니다."

애를 몇이나 가질 것인가?

갓 결혼한 친구들이 우리 집을 방문했을 때, 몇 명의 아기를 가질 것인가에 대해 얘기가 나왔다.

신부가 애 셋은 가져야겠다고 말하자, 젊은 남편은 둘이면 충분하다고 말하면서 불만을 나타냈다.

두 사람이 얼마동안 이 의견 불일치에 관해 토론을 벌인 끝에 얘기를 그만 끝내야겠다는 생각으로 남편이 용감하게 말했다.

"두 번째 애가 태어나면 곧바로 내가 정관수술을 받아버릴 거야."

그러자 잠시도 지체하지 않고 아내가 이렇게 되받아쳤다.

"좋아요, 그럼 셋째 아이도 당신 친자식처럼 사랑해 주어야 해요."

사오정의 활솜씨

때는 조선시대 한양. 장군을 뽑는 무과시험의 활쏘기장. 이오정…… 삼오정…… 사오정이 나란히 섰다.

이오정이 쐈다.

화살 이 힘차게 산을 넘어갔다.

"음……. 대전쯤 갔을 것이다."

삼오정이 쐈다.

화살이 힘차게 산을 또 넘었다.

"음……. 부산까지 갔을 것이다. 하하하."

이번에는 사오정이 쐈다.

이번에는 겨우 산을 넘어갔는데,

사오정 왈…….

"쯔쯧…… 불쌍한 일본놈들……."

이상한 약국???

한 젊은이가 콘돔을 사러 약국에 갔다.
젊은이가 “콘돔 하나 주세요.” 하자,

약사 : 우리 약국에서는 콘돔을 사이즈대로 팝니다.
어디 꺼내 보시오.

할 수 없이 젊은이는 꺼내 보였다.
조금 만져 보던 약사가……

약사 : 김 양아~~ 6호로 가져 와라.
김 양아~~ 아니다 7호로 가져 와라.
어 ~~ 아니다 8호로 가져 와라.
이것 봐라 ~~!! 김 양아 9호다 9호
에 ~~이 다 필요 없다.
휴지 가져 와라~~

현실적인 시험답안

모대학 국문과에서 시험을 보았다.

시험문제는 '고조선의 건국에 대해 서술하라.' 였다.

그러자 학생들은 X빠지게 볼펜을 놀리기 시작했다.

"환인과 웅녀 사이에 태어난 단군왕검이 아사달에 도읍을 정하고……(중략)……우리 민족 최초의 독립국가였다……(후략)"

대다수가 비슷비슷한 답들을 땀을 삐질삐질 흘리며 쓰는데 한 학생이 끄적거리더니 시험지를 놓고 나가 버렸다.

조교가 다가가서 그 학생 시험지를 읽어봤더니 기절초풍할 답안이었다.

그 답안에는 이렇게 써 있었다.

"환인의 손이 웅녀의 아랫도리를 덮쳐왔다……(중략)……
웅녀의 호흡이 가빠지며 신음소리가 높아졌다……(중략)……
우리 민족의 시조가 탄생되는 순간이었다."

임기응변 잠꼬대

한 사내가 영화감독이 되어 여자 배우와 몰래 사랑에 빠지게 되었다.

어느날 밤 그 영화감독의 아내가 남편의 잠꼬대를 듣게 되었다.

"유미씨, 당신을 사랑합니다. 내가 이혼을 하면 즉시 결혼해 주시겠습니까?"

남편은 잠결에 누군가 자신을 흔들어 깨운다는 것을 느꼈다.

실눈을 뜨고 보니 아내가 화가 난 표정을 짓고 있는 것이 아닌가!

큰일났다. 이 고비를 어찌 넘기랴! 그러나 감독은 침착했다.

쿵! 잠꼬대를 하는 척하며 몸을 뒤척여 돌아누우며 중얼거렸다.

"컷! 자, 다음 씬으로 넘어 갑시다!"

다정도 병이련가

어느 양반이 상가 조문을 가서 생긴 일이다.

분향하고 영전에서 절을 두 번 하고 나서 상주에게 정중한 조의를 드리고 그냥 나왔으면 좋았으련만, 말이 많아져서 실수(?)를 한 사건이다.

양반 : 어떻게 돌아가셨습니까?

상주 : 천장에 달아놓은 메주덩어리가 머리에 떨어져서 그만 돌아가셨습니다.

양반 : 어디 다치신 데는 없습니까?

상주 : 머리가 조금 깨졌지요.

양반 : 눈은 다치지 않았습니까?

상주 : (쓸데없는 질문을 하는 양반이 입지만 꾹 참으면서) 눈은 다치지 않으셨습니다.

양반 : 아이고, 천만 다행입니다.

상주 : …… …… ……

소원을 비는 우물

20주년 결혼기념일을 맞아 한 부부가 고적지로 여행을 떠났다.

커다란 숲을 지나갈 때 그들은 '소원을 비는 우물－100미터 직진 후 좌회전'이라고 쓴 간판을 보았다.

의심스럽긴 했지만 남편과 아내는 100미터 직진 후 좌회전을 했다.

거기서 부부는 오래된 돌로 된 우물을 만나게 되었다.

차를 세우고 밖으로 나왔다.

남편이 안내문을 읽고 샘물 위로 몸을 구부린 채 500원짜리 동전을 넣고 소원을 빌었다.

그리고 그의 아내도 그와 똑같이 하기를 원했다.

그런데 아내가 몸을 구부렸을 때 그녀는 중심을 잃고 넘어져 우물에 빠져 익사했다.

뒤로 물러서며 남자는 소리쳤다.

"이야! 이거 진짜로 소원을 들어주네!!"

케이블TV 10대 가수들의 공통점

1. 보통 4~6명으로 구성된다.
   스폰서가 튼튼한 신생 기획사는 멋도 모르고 7~8명까지 무대에 올린다.

2. 노래가 시작되면 우선 한 명이 앞으로 튀어나온다.
   그리곤 무슨 말인지 모를 랩을 지껄인다.

3. 이내 또 한 명이 인상 쓰며 튀어나온다.
   그 역시 손을 허공에 대고 마구 휘저으며 랩인지 뭔지를 하면서 춤을 춘다.
   도중에 카메라라도 지나가면 카메라를 잡아먹을 듯이 바라보며 마구 삿대질을 해댄다.
   (멋모르고 욕하다 댓글에 당해 은퇴한 넘도 있다)

4. 이번엔 분위기 있게 생긴 자가 나와서 조용하게 무언가 중얼거리며 합창을 유도한다. 목청은 개떡 같으나 얼굴 땜에 임시로 봐주기도 한다.

5. 이제 노래의 후렴이 나온다.

실력 없는 가수로 오인받기 싫어 인상을 쓰며 높은 음정으로 노래한다.

6. 간주 부분이다.

이 부분을 위해 얼마나 많은 연습을 해왔던가.

댄싱 기계처럼 매스게임 하듯 완벽한 춤을 보여준다.

7. 이제 2절이 시작된다.

간주 동안 흐트러졌던 진영을 다시 갖춘 채 한 번도 못 나와봤던 한 명이 무대 앞으로 튀어나와 랩을 한다.

역시 못 알아듣기는 마찬가지다

8. 노래가 끝나는 마지막이다.

동시에 와르르 무너지기, 차례로 무너지기, 두 명 먼저 무너지고 한 명이 폼 잡기 등등…… 다양한 기법이 소개 된다.

골동품 상 주인

한 골동품 가게 사장이 있었다. 여종업원이 한 명 있었는데 은근히 맘에 끌렸다. 숙식을 가게에서 하는 터라 가끔 치근덕거리기도 했다. 오늘 밤에 방으로 찾아올지도 모른다는 예감이 들었다. 참다 못한 여종업원이 부인에게 일러바쳤다.

부인은 그날 밤 몰래 여종업원의 방에 들어가 불을 끄고 누워 있었다.

그런 줄도 모르는 사장 녀석이 살짝 들어와 더듬거렸다.

어둠속에서 사장을 이불 속으로 끌어들였다.

한동안 신나게 열을 올리다가 사장 녀석은,

"과연 우리 마누라보다 몇 백 배 낫구나! 명품이로군, 명품이로다!"

하며 연신 감탄사를 내뱉었다.

그때 부인이 헐떡거리는 남편을 밀어 던지며 일어나 소리를 빽 질렀다.

"이놈의 바람둥이야! 이렇게 값진 '골동품' 도 못 알아보면서 무슨 장사를 해!"

멈출 수 없어

한 쌍의 남녀가 기차 선로 위에서 사랑을 나누다가 재판에 회부되었다.

재판관의 심문이 시작되었다.

"기차가 다가오는 걸 보지 못했나?"

"못 봤습니다."

"기관사가 기적을 울렸다는데 그 소리는?"

"들었습니다."

"기차 소리를 듣고도 피하지 않았단 말인가? 다행히 기관사가 1m 앞에서 기차를 멈춰 다행이지……."

그러자 젊은 남자가 이렇게 대답했다.

"브레이크가 있는 놈이 멈추는데 당연하지 않습니까?"

내가 뭐랬어!

미련퉁이 둘이 농산물 장사를 해서 용돈을 좀 벌어보기로 했다.

그들은 소형 트럭을 몰고 시골에 가서 한 통에 5,000원씩 하는 수박을 한 차 가득 사왔다.

시장에 가서 한 통에 5,000원씩이라고 하니 한 시간도 채 안 돼서 수박이 모두 팔렸다.

두 미련퉁이들은 좋아했다.

그런데 돈을 헤아려 보니 본전이었다.

"아니 소형 트럭으로 가득 사다가 팔았는데 이득이 한 푼 없잖아?"

기쁨이 낙담으로 바뀌었다.

한 친구가 투덜대다가 동료에게 한 마디 했다.

"내가 뭐랬어? 대형 트럭으로 하자고 했잖아!"

나는 왜?

한 시골 마을의 꼬마가 자신의 열 살 생일날 마을의 호수 앞에 와서 섰다.

꼬마는 어려서부터 들어온 이야기가 있었다.

"너희 할아버지와 너의 아버지는 열 살 생일날 호수 위를 걸어 다니셨단다."

꼬마는 할아버지와 아버지가 했으면 자신도 할 수 있으리라 믿고 다짐을 했다.

"나도 할 수 있다."

꼬마는 친구와 함께 배를 타고 호수 가운데로 가서 물 위로 발을 디디가가 하마터면 물에 빠져 죽을 뻔했다. 겨우 호수를 빠져나온 꼬마는 화가 잔뜩 나 집으로 돌아와서는 할머니에게 뛰어갔다.

"할머니! 난 주워온 애죠? 왜 할아버지와 아버지는 생일날 호수 위를 걸었는데 난 못해요?

그러자 할머니는 온화한 웃음으로 꼬마의 머리를 쓰다듬으며 말했다.

"아가, 그건 말이지. 너희 아버지와 할아버지는 추운 1월에 태어났고, 넌 8월에 태어났기 때문이란다. 한 여름에 호수가 어는 것을 본 적이 있니?"

국어교과서 vs 영어자습서 vs 실제상황

친구와 싸웠을 경우

<국어교과서>

철수 : 영희야, 무슨 일 있니?

영희 : 지연이와 다투었어. 내가 심하게 말했거든.

철수 : 안 됐구나.

＊영어자습서

철수 : 영희야, 안 좋은 일이 있어 보이는구나.

영희 : 지연이와 말다툼을 하였어. 내가 만약 지연이에게 심한 말을 하지 않았더라면 나는 지연이와 다투지 않았을 텐데.

철수 : 오, 영희야 너무 자책하지 마. 난 네가 지연이와 화해할 수 있을 것이라고 확신해.

★실제상황★

철수 : 먼 일 있냐?

영희 : 아 그 X끼 말X나 짜증나게 하잖아.

철수 : 그X끼 또 그래? 그놈 XX끼네.

숙제를 하지 않았을 때

<국어교과서>

선생님 : 철수는 왜 숙제를 해오지 않았지?

철수 : 어제 일찍 잠이 드는 바람에….

선생님 : 철수 피곤했구나, 하하하.

* 영어자습서

선생님 : 철수, 네가 숙제를 해야 할 곳이 깨끗하구나.

철수 : 선생님, 사실 어제 일찍 잠이 들었어요.

선생님 : 네가 조금만 더 부지런했다면 내가 너에게 벌점을 주지 않아도 되었을 텐데.

★실제상황★

선생님 : 번호!

철수 : 14번이오.

친구와 약속이 깨졌을 때

<국어교과서> (따르릉~)

철수 : 영희야, 급한 일이 생겨서 못 가겠다.

영희 : 그러니? 다음에 만나지 뭐.

철수 : 미안해.

<영어자습서> (따르릉~)

철수 : 영희야, 급한 일이 생겨서 오늘 약속을 지키지 못할 것 같아.

영희 : 무슨 급한 일인지 몰라도 잘 처리되었으면 좋겠구나.

철수 : 신경 써줘서 고마워, 영희.

★실제상황★ (따르릉~)

철수 : 야, 나 급한 일 있다, 미안.

영희 : 야, 이 재수탱이야.

철수 : 즐~!

한국 공군과 미국 공군의 차이

한미 합동 훈련 중 비행기가 추락했고
양국 공군에 비상이 걸렸다.
양국 공군에서 나온 첫 마디는 이런 말이었다.
먼저 미국 공군에서 나온 말은 이러했다.
"조종사는?"
한국 공군에서 먼저 나온 말은 이러했다.
"비행기는?"

친정 엄마

한 남자가 병원에서 검진을 받았는데 의사가 남자에게 말했다.

"이런 말씀 드려서 죄송하지만, 당신의 생명은 이제 하루밖에 안 남았습니다."

남자는 상심하여 술집에 가서 술을 마시며 남은 시간을 어떻게 보낼 것인지 생각했다.

남자는 마지막으로 최고의 섹스를 즐겨보기로 마음먹고 집으로 향했다.

집으로 들어오자 불이 다 꺼져 있어서 남자는 옷을 벗고 침대로 들어갔다.

남자는 두 시간 동안 평생 느껴 보지 못한 최고의 시간을 즐기고는 녹초가 되어 욕실로 들어갔다.

욕실에 들어서자 그곳에는 부인이 얼굴에 마사지를 하고 앉아 있었다.

남자는 자신의 눈을 의심했다.

"아니, 당신 어떻게 여기에 들어와 있지?"

부인이 말했다.

"쉿 조용히 해요. 친정엄마 오셔서 주무시는데 깨시겠어요."

이병에서 병장까지……

❖간부가 불렀을 때……

1. 이병 : '눼아~ 이병 피 . 가 . 로 . 부루셔쑴뉘꾸아~~'
2. 일병 : '넷! 일병 피.가.로!'
3. 상병 : '상병 피가로.'
4. 병장 : '저 말입니까……?'

❖민간인 마을에 작업 나갔을 때……

1. 이병 : '헛… 헛…허리 한번 펴고… 헛… 헛…'
2. 일병 : '어우 힘들어.. 짜증나네.'
3. 상병 : '야 야! 거기 짜증내지 말고 빨리 파!.'
4. 병장 : '애들아, 나 잘 테니까 간부들 오면 잽싸게 깨워라.'

❖훈련받다 다쳤을 때……

1. 이병 : '이병 피 . 가 . 로 . 아무렇지도 안씁니두아~~'
2. 일병 : '아프지만.. 참아 보겠..습니다.'
3. 상병 : '인사계님…… 저 훈련 좀 빼주십시오.'
4. 병장 : '아아악~~ 의무병 어디 있어……'

❖멀리서 사단장 차가 다가올 때……

1. 이병 : '추우웅~~~~~~~~~ 서어엉~~~~~~~~~~~'
2. 이병 : '추웅! 서엉!'
3. 상병 : '충 성!'
4. 병장 : '야~! 인솔자! 뭐하냐 경례 안하고……'

❖애인에게 시집간다는 편지를 받았을 때……

1. 이병 : '피순아… 잘 살아… 어흐… 어흐… 어흐흑…'
2. 일병 : '오늘 밤 열두 시에 담 넘는다..'
3. 상병 : '에이… 남 주기는 좀 아까운데……'
4. 병장 : '가라…가… 너 말구 여자가 없냐…?'

❖부대에서 집으로 편지 보내는 날……

1. 이병 : 어머니… 전 잘 먹고 몸 건강히 잘 있사오니……
2. 일병 : 물론 힘들지만 견딜 만하오니 제 걱정은 마시고……
3. 상병 : 이곳 생활에 적응되고 고참들도 잘해 줘요.
4. 병장 : 용돈이 다 떨어져서 전 지금 굶어 죽을 지경에 이르러……

남편 버릇 고치려다

한 부부가 교회에 갔다. 아내는 항상 교회에서 잠을 자는 남편의 버릇을 고치기 위해 바늘을 하나 준비했다.

남편이 졸 때마다 옆에서 바늘로 쿡쿡 찌르기로 생각했다.

목사님이 설교를 시작했다.

"우리가 사는 세상은 누가 창조했습니까?"

남편이 졸기 시작하자 아내는 옆에서 쿡 찔렀다.

그러자 남편이 깜짝 놀라 소리쳤다.

"오, 하나님!"

"네, 그렇습니다."

목사님은 설교를 계속했다.

"우리 인간을 창조하신 분은 누구시죠?"

다시 남편이 졸자 아내는 다시 옆에서 쿡 찔렀다.

"아, 하나님!"

"네, 맞습니다."

목사는 신이 나서 설교를 더 열심히 하신다. 잠시 후 다시 목사가 질문했다.

"아담과 이브 사이에 99명의 자손을 두고, 이브가 아담에게 뭐라고 했죠?"

남편이 다시 졸자 아내는 또 옆에서 쿡 찔렀다.

"너, 자꾸 그 물건으로 찔러대면 확 부러뜨려 버린다!!!"

그 바람에 교회당 안은 웃음바다가 돼버렸고, 영문을 모르는 남편은 얼굴이 벌게진 채로 아픈 옆구리만 문지르고 있었다.

아내의 외도?

젊은 부부가 가면무도회에 초대를 받았다.

남편이 부인에게 말했다.

"이 슈퍼맨 의상 어때? 오늘 이것 입고 갈 거야."

"응 멋있는데. 근데 자기야 나 머리가 너무 아파서 못 가겠어. 미안한데 혼자 갖다 와."

"무슨 소리야, 당신이 아픈데 어떻게 나 혼자 놀아!"

"아냐, 자기가 그러면 내가 더 부담스럽잖아. 잘 놀다가 와."

할 수 없이 남편은 슈퍼맨 의상을 멋지게 차려입고 가면 무도회장으로 떠났다.

그런데 남편이 떠난 지 30분도 되지 않아서 아내의 두통이 말끔하게 나는 것이었다.

심심해 할 남편이 생각난 아내는 뒤늦게나마 가면 무도회장으로 달려갔다.

무도회장에 도착한 그녀는 이 여자, 저 여자에게 집적거리는 슈퍼맨 복장을 한 남편을 발견했다.

그녀는 남편이 도대체 어디까지 가나 확인하려는 마음에 요염하고 섹시하게 접근을 해서 유혹하기 시작했다.

둘은 가면을 쓰고 있었기 때문에 남편은 아내를 알아보지 못

했고, 부비부비 춤으로 남편을 유혹했다.

그러자 그는 흥분을 참지 못하고 위층 조용한 방으로 그녀를 유혹하여 올라갔다.

그녀는 아픈 아내를 집에 두고 양심도 없이 이렇게 바람을 피우는 남편에게 따끔한 맛을 보여 줘야겠다고 생각했고 뜨겁게 침실에서 일을 치른 후 재빨리 집으로 달려와서 자는 척을 했다.

자정이 지나서야 남편이 술이 다 깼는지 말짱한 얼굴로 집에 나타났다.

아내가 물었다.

"파티는 어땠어요?"

"뭐 별로였어. 당신 없는데 무슨 재미로 놀았겠어?"

아내는 기가 막혔지만 침착하게 다시 한 번 물어보았다.

"그럼 당신, 파티장에 가서 춤도 안 췄어요?"

"사실 파티장에 가지도 않았어. 당신도 없는데 뭐…… 친구들끼리 당구 좀 치고 온 거야. 근데 당신 강남에 사는 내 친구 병태 알지? 글쎄 내 슈퍼맨 의상을 빌려 갔는데 오늘 낯선 여자와 재미도 보고, 그 여자 테크닉이 끝내 줬다면서 내게 술을 한 잔 사겠다더군."

"………………."

그 남자의 걱정

한 남자가 레스토랑에서 커피를 시켰다.

종업원 아가씨가 커피를 가져오다가 그만 실수로 남자의 사타구니 부분에 커피를 엎지르고 말았다. 종원원 아가씨가 놀라서 휴지로 그 부분(?)을 닦자 남자의 거시기(?)가 순식간에 팽창하기 시작했다.

남자는 아가씨에게 말했다.

"아, 괜찮아요. 그런데 이 커피 카페인이 있는 건가요, 없는 건가요?"

"카페인이 많은 커피예요."

그 대답을 듣자, 남자가 야릇한 표정으로 이렇게 말했다.

"저런, 이제 이놈이 밤새 잠 못 자고 서 있겠구만!"

팬 사인회에서 생긴 일

어느 인기 연예인이 팬 사인회를 하는데,
종이를 받아들고 머뭇머뭇거리자
팬은 날짜를 몰라 그러는 줄 알고,
"9일이에요 ^^" 라고 말했다.
잠시 후 그 팬이 받아든 사인에는
"to. 구일이에게."라고 적혀 있었다.

뭘까요?

1. 벼락부자가 된 졸부 딸이 사는 곳에 형광등이 고장났다. 그녀의 요구는 뭘까요?
2. 던져도 돌아오지 않는 부메랑은 뭘까요?
3. 먼저 손가락이 나의 작고 둥근 몸 속으로 슬그머니 들어온다. 언제나 최고의 남자가 가장 먼저 나를 갖는다. 나는 뭘까요?
4. 처녀림은 어디에서 볼 수 있나요?
5. 전화번호부에 '김씨' 가 가장 많은 이유는 뭘까요?

▶ 답

1. 아빠, 아파트 새로 갈아줘!
2. 작대기
3. 결혼반지
4. 못생긴 나무 숲
5. 그들이 전화를 가지고 있기 때문.

불쌍해용~

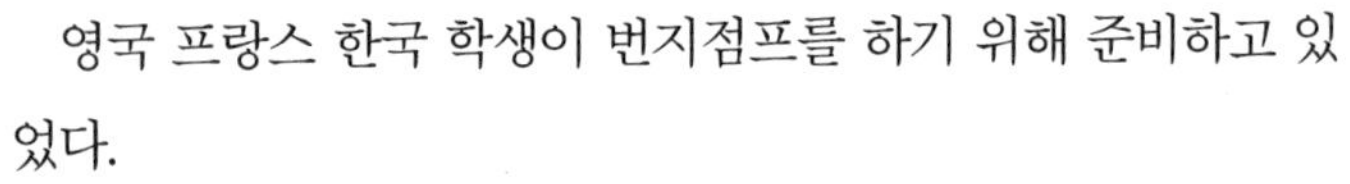

영국 프랑스 한국 학생이 번지점프를 하기 위해 준비하고 있었다.

셋 다 겁에 질려 뛰어내리려 하지 않았다.

옆에 있던 영국 교사가 학생에게 말했다.

"신사답게 뛰어내려라."

영국 학생은 고개를 끄떡이더니 과감히 뛰어내렸다.

그 옆에 있던 프랑스 교사가 학생에게 말했다.

"뛰어내려라. 그리고 예술을 보여라."

프랑스 학생도 잠시 생각하다가 굳은 결심을 한 듯 뛰어내렸다.

마지막으로 남아 떨고 있는 한국 학생에게 교사가 한 마디 했다.

그러자 학생은 아무런 망설임 없이 힘차게 뛰어내렸다.

한국 선생님 왈……

"내신에 들어간다."

얼음 낚시

영구네 가족과 철수네 가족이 얼음낚시를 떠났다.

그런데 이상하게도 철수네 가족은 몇 분에 한 번씩 월척을 건져 올리는데, 영구네 가족은 피라미 한 마리도 잡히지 않는 것이었다.

고민 끝에 영구가 슬쩍 철수네 가족이 있는 곳으로 가서 동태를 살피기로 했다.

한참 동안 철수네 가족을 지켜본 영구가 가족들에게 돌아오자 막내아들이 물었다.

"아버지, 철수네는 어떻게 잡습니까?"

그러자 영구가 무표정하게 말했다.

"우리랑 별로 다른 건 없는데 걔들은 얼음에 구멍을 뚫었더라."

강변의 왕개미 사건

어느 마을 강병에서 일어난 일이다.

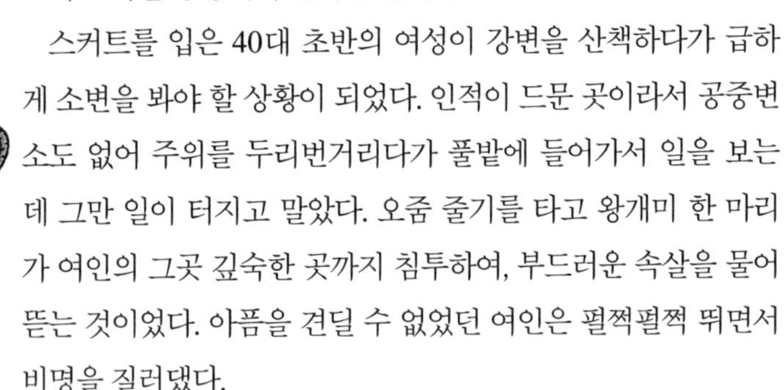

스커트를 입은 40대 초반의 여성이 강변을 산책하다가 급하게 소변을 봐야 할 상황이 되었다. 인적이 드문 곳이라서 공중변소도 없어 주위를 두리번거리다가 풀밭에 들어가서 일을 보는데 그만 일이 터지고 말았다. 오줌 줄기를 타고 왕개미 한 마리가 여인의 그곳 깊숙한 곳까지 침투하여, 부드러운 속살을 물어뜯는 것이었다. 아픔을 견딜 수 없었던 여인은 펄쩍펄쩍 뛰면서 비명을 질러댔다.

그때 마침 건장한 청년이 지나가게 되었는데 죽는다고 살려달라고 하는 여인을 보고 뛰어왔다.

청년 : 아주머니, 왜 그러십니까?

여인 : 아주머니고 뭐고 나 좀 살려주세요.

청년 : 무슨 일이 있습니까?

여인 : 이곳 풀밭에서 소변을 보다가 내 그곳으로 왕개미 한 마리가 들어가 물고 뜯고 하여 미칠 지경이오! 얼른 나 좀 살려주세요!

청년 : 방책이 있긴 한데…… "挿入壓殺作戰(삽입압살작전)"이라고……

여인 : 하여간 무슨 작전인 줄 잘 모르겠으나, 방법이 있다니 얼른 개미만 죽여 주세요.

청년 : 다른 이야기는 설마 안 하겠지요? 특히 작전 도중에는 잠자코 계셔야 합니다.

여인 : 알겠어요. 아, 아얏! 이놈의 개미가…… 얼른요 얼른!

이렇게 하여 그 여인과 청년은 풀밭에서 왕개미를 죽이기 위해 '삽입압살작전' 을 거행했다.

작전은 적중하여 왕개미는 압사되었고 그 시신은 홍수(?)에 떠내려가 흔적 없이 사라졌다.

여인은 이상한 쾌감에 도취되어 혼미한 상태에 있는데 청년이 훌쩍 떠나려 한다.

그제서야 정신이 들어온 여인 흐트러진 몸과 옷을 추스르며 스커트에 묻은 흙을 털면서 말한다.

여인 : 누가 봤으면 X했다고 안 하겠나? 총각, 너무 고마웠어! 이 은혜를 어떻게 갚을꼬?

총각 : (전화번호를 가르쳐 주면서) 훗날 또 이런 사고가 생기거든 연락주세요

그런데 이 사건 이후 그 여인은 왕개미가 들어가지 않았는데도 그 청년을 불러내 그곳 강변 풀밭에서 개미 죽이는 '삽입암살작전' 을 수시로 수행하며 작전을 즐겼다고 한다.

공주병 vs 심각한 공주병

공주병에 걸린 여자들은 대부분이 거울을 보며 주문을 외운다.

"거울아, 거울아! 이 세상에서 누가 제일 예쁘냐?"

하지만 너무 심각한 공주병에 빠진 여자들은 다른 주문을 외우게 된다.

"거울아, 거울아! 이 세상에서…… 아니지, 됐다. 다 안다. 기특한 것!"

살아야 되나 말아야 되나

옛날에 곰보 여자가 살고 있었다.

그러나 뒷모습과 몸매로는 누구보다 아름다워 밤에 보이는 모습은 가히 최고였다.

그런 모습을 본 청년이 로맨틱한 밤에 청혼했다.

"결혼해 주세요. 첫눈에 반했습니다."

여자가 정색하며 말했다.

"안 돼요. 제 얼굴을 보시면 실망하실 거예요."

"괜찮습니다. 곰보만 아니면……."

여자는 그 말을 듣고 충격을 받아 자살하기로 마음먹었다.

그래서 얼굴을 보자기로 가리고 강 나루터로 가 뱃사공에게 말했다.

"아저씨, 강 가운데 까지 태워 주세요. 이유는 묻지 마시고……."

그러자 뱃사공이 하는 말,

"아가씨, 자살하려나 본데 웬만하면 참고 살아요. 곰보만 아니면……."

불평불만의 신체기관들

어느 중년 사내의 신체기관들이 모여 심각한 회의를 하고 있었다.

먼저 쭈글쭈글한 뇌가 말했다.

"다들 문제를 하나씩 말해 보세요."

맨 먼저 시커먼 폐가 입을 열었다.

"의장님, 전 도대체 더는 못 살겠습니다. 이 남자는 하루에 담배를 두 갑씩 핍니다. 제 혈색을 보세요."

그러자 지방이 가득 낀 간이 말했다.

"그건 별거 아닙니다. 저에게 끼어 있는 지방들 좀 보세요. 전 이제 지방간이 되었습니다."

그랬더니 이번에는 축 처진 위가 말했다.

"전 밥을 안 먹다가, 또 급하게 많이 먹다가 해서 위하수증에 걸렸어요."

그때였다.

그러자 저쪽 사타구니 아래서 누군가가 궁시렁거리며 입을 열었다.

"저는 제발 며칠에 한 번만이라도 설 수 있었으면 원이 없겠습니다."

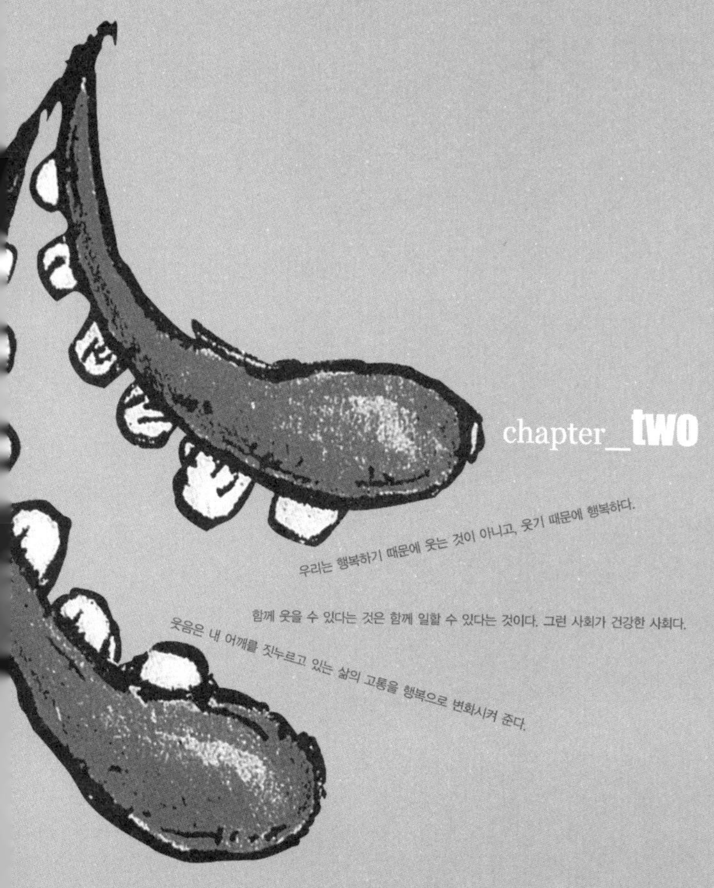

chapter_two

우리는 행복하기 때문에 웃는 것이 아니고, 웃기 때문에 행복하다.

함께 웃을 수 있다는 것은 함께 일할 수 있다는 것이다. 그런 사회가 건강한 사회다.

웃음은 내 어깨를 짓누르고 있는 삶의 고통을 행복으로 변화시켜 준다.

웃음은 세상을 내 편으로 만든다

웃음으로 살려면 자신을 사랑하라. 먼저 당신을 사랑하라.
그럼 일들은 저절로 해결될 것이다.
이 세상에서 뭔가를 하려면 먼저 자신을 사랑해야 한다.
– 루실 벌

수리공과 의사

병원의 수도관이 갑자기 터져 병실이 물바다가 되었다.

급히 수리공을 불러 20분 후 수리가 끝났다.

수리비 청구서를 받아보니 50만 원이나 되었다.

의사가 항의를 했다.

"의사도 30분 정도 진찰하고 10만 원 정도 받는데 50만 원은 너무하지 않나요?"

그러자 수리공이 대답했다.

"그래서 내가 의과대학을 안간 것이죠."

큰일 났다!

텔레비전 방송국의 한 카메라맨이 산불 현장에 몹시 가고 싶어 했다. 보도국 담당에게 전화를 걸어 보니 비행기가 한 대 기다리고 있으니 가보라고 했다. 공항으로 달려가 보니 활주로 맨 끝에 조그만 비행기 한 대가 서 있었다.

그는 카메라 장비를 갖고 비행기에 올라탄 다음 조종사에게 말했다.

"자, 갑시다!"

조종사는 어리둥절한 표정을 지으면서도 그가 시키는 대로 이륙했다.

카메라맨은 조종사에게 산불 현장으로 날라가서 저공비행을 하라고 말했다.

그러자 조종사가 말했다.

"무슨 소린지 모르겠군요. 교관님 전 아직 저공비행을 안 배웠어요."

"내가 교관이라뇨! 무슨 말씀이세요?"

"당신은 누구세요?"

"난 산불을 취재하러온 텔레비전 방송국 기자요. 왜 그래요?"

"기자라고요!"

"당신은 내가 누구라고 생각했소?"

"비행교관인 줄 알았죠!"

"아니, 그럼 비행기 파일러트 연습생이란 말입니까?"

"물론이죠."

"큰일났다!"

재채기와 알러지

목사가 예배 도중 재채기를 하기 시작했다.

신도들에게 미안한 마음이 든 목사는 교회 안에 백합 화분이 놓여 있는 것을 보고 얼른 핑계를 대며 자기는 꽃가루 알레르기가 있으니 백합꽃을 치워달라고 부탁했다.

그 꽃을 치웠더니 그는 아무런 문제없이 예배를 계속해 마칠 수가 있었다.

예배가 끝난 후 꽃꽂이 담당자에게 그 목사가 미안하다고 사과하자 담당자는 이렇게 대답했다.

"괜찮습니다. 어차피 조화인 걸요."

피아노 조율

피아노 조율사가 어떤 집에 일하러 갔을 때의 일이다.

마침 그 집에 파출부가 와서 일을 하고 있었다.

파출부는 건반을 띵똥거리며 피아노를 만지고 있는 사내를 심히 못마땅하듯 힐끔힐끔 쳐다보았다.

마침내 파출부 아줌마가 말했다.

"이것 봐요. 피아노가 그렇게 치고 싶거든 정식으로 피아노 레슨을 좀 받지 그래요? 이거 시끄러워서 원!"

봄 코트

어떤 남자가 상점에서 봄 코트를 사려고 했다.

점원은,

"어떤 코트를 드릴까요? 주머니가 있는 걸 드릴까요? 없는 걸 드릴까요?"

"아무거나요."

"그럼 색깔은요? 밝은색으로 드릴까요? 좀 짙은 색으로 드릴까요?"

"아무거나요."

"크기는요? 꼭 맞는 것으로 드릴까요? 아님 약간 넉넉한 사이즈를 드릴까요?"

"아무거나요. 아무거나 당신 마음에 드는 것을 주세요."

점원이 말했다.

"아니 제가 사는 게 아니라 손님이 사시는 거 아닙니까?"

그러자 손님은,

"보나마나 까탈스런 마누라가 어차피 내일 반품시키러 올 거니까요."

저녁 먹은 다음엔

아주 인색한 농장주가 있었는데 그는 일꾼이 밥을 먹기 위해 일손을 놓는 게 눈에 거슬렸다.

어느날 아침 식사 후 그가 일꾼에게 말했다.

"여보게, 밭에서 일하다가 다시 들어와서 점심을 먹으려고 몸을 씻고, 밥을 먹고 하는 것이 귀찮지 않은가? 아예 점심을 지금 미리 먹고 시간을 아끼는 것이 어떻겠나?"

일꾼이 찬성을 했다.

농장 주인의 아내가 만두국과 감자부침 등을 가져왔고, 두 사람은 다시 식사를 했다.

점심을 다 먹고 나더니, 인색한 그 농장 주인이 이번에는 이렇게 말했다.

"여보게, 기왕 식탁에 앉은김에 우리 저녁까지 다 먹어버리는 게 어떨까?"

일꾼이 찬성을 하자 이번에는 불고기에 갈비탕이 나왔다.

일꾼은 그것도 먹어 치웠다.

"자, 이제 세 끼를 다 먹었으니 들에 나가 하루종일 쉬지 않고 일할 수 있게 됐군."

농장 주인이 기분 좋게 소리쳤다.

그러자 일꾼이 대답했다.

"천만에요, 저는 저녁을 먹은 다음에는 일을 하지 않습니다. 이제 잘 시간입니다."

맞아 죽지 않을 정도의 썰렁한 유머 한 가지

감하고 곶감이 어느날 심하게 다투게 되었습니다.

그리고 서로의 시시비비를 가리기 위해 달리기를 하기로 했지요.

그리고 감은 막 달리는데~ 곶감은……

스타트 지점에서 멈춰 있었고……

화가 난 감은 일케 말했습니다.

"너!! 안 올래? 나 약 올려?"

그리고…… 곶감은 일케 말했습니다.

"곧(곶)감" -^^

축구와 섹스의 절묘한 공통점과 차이점

❖ 공통점

1. 경기 시작과 동시에 터지는 골보다는 막판에 터지는 골 맛이 최고다.
2. 급하면 초반에 그대로 실점해 버리는 수가 생긴다,
3. 비디오를 보고 완벽하게 분석해도 막상 실전에서는 잘 안 되는 경우가 많다,
4. 낮보다는 밤 경기가 백미, 물론 주말엔 낮에도 하긴 한다.
5. 경기가 끝날 무렵 선수들은 엄청난 피로와 체력저하를 실감하게 된다,
6. 쌍방의 호응과 반응이 있어야지 한쪽의 일방적인 경기는 후크 없는 브래지어나 다름없다.
7. 힘 좋은 선수일수록 사랑을 받는다.
8. 골문 앞에서 허둥거리거나 실패할 때가 종종 있다,
9. 골키퍼는 한 사람인데 여러 선수가 달려들면 어찌할 바를 모른다,
10. 기량이 비슷할 경우 한 경기에 여러 골을 넣는 경우는 극히 드물다,
11. 충분한 워밍업이 경기의 승패를 좌우할 수 있다.

12. 한 번 해보겠다는 열정 하나로 장소 불문 맨땅에서도 온몸을 불사를 수 있다,
13. 다음엔 더 좋은 결과를 다짐한다,
14. 화려한 개인기도 중요하지만 정신력만으로도 만족한 결과를 낼 수 있다.
15. 체력과 뜨거운 의욕을 앞세운다.

❖ 차이점(만족도)

1. 축구는 사람이 많을수록 할 맛 나지만 섹스는 관중이 있으면 될 일도 안 된다.
2. 축구는 골키퍼의 헛점을, 섹스는 골키퍼와 혼연일체가 돼야 한다.
3. 축구는 한 팀은 웃고 한 팀은 운다. 하지만 섹스는 양 팀 다 웃어야 진짜 좋은 플레이다.

❖ 치이점(에티켓)

1. 축구는 골키퍼 한 사람이 여러 사람을 상대하지만 섹스는 한 번에 한 사람밖에 상대하지 못한다.
   트리플 섹스도 일단 골인은 한 사람이지 않은가.
2. 축구는 선수 교체가 가능하다. 하지만 섹스에서 선수 교체를 했다간 뺨 맞거나 고소 당할 수도 있다.
3. 축구는 경기 도중엔 옷을 벗어선 안 되지만 섹스 할 때는 아무 때나 벗어도 상관없다.

4. 축구는 연습 게임이 허용되지만 섹스는 연습 게임 없이 바로 실전이다.
5. 축구와 다르게 섹스는 누구와 전력비교 당하면 매우 싫어한다.

❖ 치이점(테크닉)

1. 축구 관람엔 나이 제한이 없지만 섹스는 19세 이상만 관전 가능하다. 물론 합법적으로는 말이다.
2. 축구 경기 도중 오버액션은 경고감이지만 섹스 도중 오버액션은 권장 사항이다.

혼연일체와 일심동체.

이것 또한 섹스와 축구의 궁극적인 목표가 아닐까?

남편들이 제일 싫어하는 사람은?

어느 여성잡지에서 "우리나라 남편들이 이 세상에서 가장 싫어하는 사람은 누구일까?" 라는 내용의 설문조사를 실시했다.

그 결과 1위는 바로 '이웃집 남편' 이었다.

도대체 이유가 뭘까?

이 설문에 참여한 한 남성이 그 이유를 이렇게 대변했다.

"참, 기가 차서! 집사람 말을 들어보니까
우리 옆집 남편은 돈도 잘 벌어오고
인간성도 좋고 날이면 날마다 부인한테
비싼 옷도 덥석덥석 사주고 집안일도 척척 해내고
게다가 아이들 교육에다 처갓집 일도 꼼꼼히
챙겨주는 걸 잊지 않는다니 얄밉지 않습니까?
집사람 말을 들어보면 아무리 이사를 다녀도
우리 옆집엔 꼭 그런 남자만 산다니까요!"

불발탄

연료보급 트럭을 몰고 공습피해 당한 지역을 지나다 보니 길 한가운데에 불발탄이 떨어져 있었다.

"조심해!!!"

나는 운전을 하고 있는 내 친구에게 소리쳤다.

그런데 그는 눈 하나 깜짝 않고 말했다.

"걱정마, 적들이 떨어트린 게 아냐. 우리편 포탄이야."

불독과 치와와

안경을 낀 키다리가 술집으로 들어와 물었다.

"실례합니다만 밖에 있는 무서운 개의 주인이 누구신지요?"

머리가 벗겨지고 텁수룩한 거구의 사내가 일어서며 말했다.

"내 갭니다만 그 개가 당신하고 무슨 상관이 있나요?"

"저 선생님, 제 강아지가 그 개를 죽였습니다."

"당신 개는 어떤 종류요?"

"3주일된 치와와예요."

"그 조그마한 강아지가 투견인 내 불독을 죽였다는 게 말이 되는 소리요?"

"제 치와와가 불독 목구멍에 꽉 끼었거든요."

아담의 옷

어린 소년이 집안에서 오래 전부터 보관해 온 성경책을 들춰 보고 있는데 무언가가 성경책에서 떨어졌다. 집어보니 오래된 나뭇잎이었다.

아이가 엄마에게 달려가 말했다.

"엄마, 내가 뭘 찾는지 보세요. 바로 아담의 옷이에요."

머리회전이 빠른 병사

치열한 전투가 벌어지는 가운데 상황을 보고받은 지휘관이 전 병사를 집합시키고 엄한 목소리로 말했다.

"제군들! 제군들의 나라 사랑하는 마음을 믿는다.

지금 보고에 의하면 아군 인원이 모두 1000명, 적군이 1000명이다.

그러니까 각자 한 명씩만 처치하면 우리가 승리하는 것이다! 알겠나?"

그러자 한 패기만만한 병사가 소리쳤다.

"장군님, 걱정하지 마십시오. 전 두 명을 해치우겠습니다."

그러자 옆에 있는 병사가 말했다.

"장군님! 그럼 전 집에 가도 되죠?"

어느 시골 여자의 이상한 진술

간통죄로 피소된 여자의 이상한 진술 얘기다.

시골에서 간통죄로 피소된 여자가 경찰서 조사관과 마주 앉았다.

조사관 : 저쪽(상대 남자)에서도 다 불었는데……
언제 어디서 몇번 했는지 정확히 말해요!

여　자 : 잘 기억나지 않는데…… 논에서 다섯 번인가 여섯 번인가…… 그리고 산에서도 세 번인가?……

조사관 : 이렇게 시간 끌면 오전 내내 걸리겠소. 그러니 간단히 요약해서 말해요.

여　자 : 그러니까 간단히 말하면 '논칠산삼' '계십이요!'

조사관 : 그게 무슨 말이요?

여　자 : 논에서 일곱 번, 산에서 세 번 합계 열 번이란 말이요. 간단히 말하라고 해서 그렇게 말했잖아요.

조사관 : 저쪽 진술하고 숫자가 많이 틀립니다.

여　자 : 아참, 그러면 '경사보사' 가 빠졌군요!

조사관 : 경운기에서 네 번, 보리밭에서 네 번, 그러니까 '논칠산삼' 에 '경사보사' 라 합계 십팔이구만. 맞아! 저쪽과 일치하는구만. OK!!!

부자지간의 대화

아버지와 아들이 여행을 가다가 버스에서 내려 간이 화장실에서 나란히 소변을 보면서 얘기를 나눈다.

아버지 : 너는 젊은 놈이 그것을 쥐고 소변을 보느냐? 한심한 놈. 그렇게 힘이 없어 장가가서 아들 낳겠냐?

아 들 : 아버지는 참, 아무것도 모르면서…… 잡은 손을 놓아 버리면 오줌이 콧 구멍 속으로 들어간단 말이에요…….

아버지 : ……!!!

전기 청소기 외판원

전기 청소기 외판원이 외딴 농가의 문을 두드리자 할머니가 문을 열어 주었다.

외판원은 단도직입적으로 말했다.

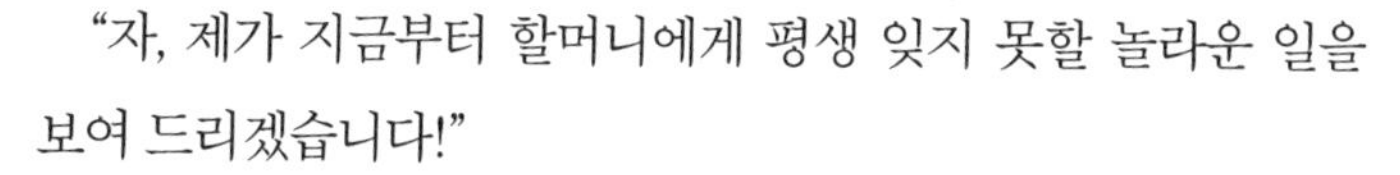

"자, 제가 지금부터 할머니에게 평생 잊지 못할 놀라운 일을 보여 드리겠습니다!"

그러더니 허겁지겁 뜰에서 흙을 한 삽 퍼다가 마루바닥에 쫙 뿌려 놓고 말했다.

"할머니! 저랑 내기를 하나 하시죠.

만약에 이 신제품 진공청소기가 이 흙을 다 빨아들이면 할머니가 청소기 한 대를 사시고, 못 빨아들이면 내가 이 흙을 다 먹어 버리겠습니다. 어때요?"

그러자 할머니가 멍하니 안 됐다는 듯이 외판원을 쳐다보다가 다시 집안으로 들어가 커다란 숟가락 하나를 들고 나와 외판원에게 건네주었다.

"안 됐수 젊은이, 우리 마을은 전기가 안 들어온다네."

대단한 교육

국어 시간, 선생님과 아이들이 대화를 나누고 있었다.

한 학생이 말했다.

“전 아빠가 운영하는 농장에 간 적이 있었습니다. 하루는 닭장에서 병아리가 얼마나 태어날지 궁금해서 계란의 수를 세었습니다. 그런데 그날 밤에 여우가 와서 계란의 반을 먹어 치웠습니다.”

“그럼 그 일로 뭘 배웠니?”

“병아리가 부화되기 전에는 그 수를 세지 말라는 것을 배웠습니다.”

“네, 좋아요. 다른 학생 말해 볼래요?”

그러자 한 여학생이 말했다.

“전요, 엄마가 슈퍼에서 우유를 사오라고 시킨 적이 있어요. 그런데 슈퍼에서 집으로 가는 도중에 깡패가 나타나 우유를 땅바닥에 쏟아 버렸어요. 하지만 엄마는 절 달래면서 울지 말라고 하셨죠.”

“저런, 그 일로 뭘 배웠니?”

“이미 엎질러진 우유를 갖고 울지 말라는 거요.”

“아주 좋아요. 다른 학생 말해 볼래요?”

그러자 창가에 앉아 있던 사내아이가 일어나서 말했다.

"아빠가 겪은 전쟁 이야기인데요. 아빠가 전쟁 중에 깡소주를 마시면서 총탄 열두 발과 수류탄 두 발을 갖고 계셨다고 합니다. 그때 적이 나타났고 아빠는 열두 명을 총으로 쏴 죽이고 수류탄으로 스무 명을 폭사시켰습니다."

"이런, 그 일로 배운 게 있니?"

그러자 하는 말,

"아빠가 술에 취했을 때는 앞에서 얼쩡거리지 말라는 거요."

돈을 모으는 이유

한 사내가 서둘러 약속 장소로 차를 몰고 가는 중인데 유난히도 차가 막혀 꼼짝 않는 것이었다.

마침 앞에서 걸어오는 남자에게 물었다.

"앞에 무슨 사고라도 났습니까?"

"아, 지금 앞에서 한 국회의원이 소주병에 든 휘발유를 들고 분신자살 하겠다는 시위를 하고 있습니다."

"저 선생님, 그 국회의원을 위해 돈 좀 보태 주시죠."

"돈이라뇨? 도대체 그 국회의원이 누굽니까?"

"그는 비리혐의로 10억 원 벌금형을 받았는데 자기에겐 돈이 없다는 거죠. 그래서 제가 이렇게……."

"그래, 얼마를 모으시려고요?"

그러자 그 남자가 말했다.

"휘발유 10리터 살 돈만 모아 갖다 주려고요."

글로벌 마케팅

대학 친구 병구가 중동에서 음료수 제품을 팔던 근무 첫 해의 얘기를 해주었다.

"나에게 주어진 첫 번째 임무는 아랍인들에게 음료수를 선전하는 것이었는데 끔찍하게도 그 일 때문에 난 회사에서 쫓겨날 뻔했다네."

"아니 왜? 자넨 능력이 뛰어났잖아?"

"그래, 난 언어 문제를 피해 보려고 세 쪽짜리 선전 포스터를 만들었어. 첫 번째 쪽에는 사막에서 땀에 흠뻑 젖고 더위에 지쳐 곧 쓰러질 것 같은 남자를 그렸어. 가운데 쪽엔 그가 우리 회사 음료수를 병째 벌컥벌컥 시원스럽게 들이키는 모습을 그렸지.

세 번째 쪽은 그가 큰 웃음을 지으며 아주 상쾌해 하는 표정이었지."

"훌륭하네! 그런데 뭐가 문제였나?"

그러자 병구가 머리를 긁적이며 말했다.

"난 아랍인들이 오른쪽에서 왼쪽으로 읽는다는 걸 몰랐지 뭔가!"

설마와 혹시의 차이

어느 신축건물이 붕괴된 직후, 경찰에서 관계자를 불러 심문했다.

경　찰 : 건물이 무너질지도 모르는데 왜 사원들을 대피시키지 않았소?

관계자 : '설마' 무너지기야 할까 생각했지요.

경　찰 : 그럼 중역들은 왜 대피시켰소?

관계자 : '혹시' 무너질지도 모르는 것 아닙니까?

기쁨을 주는 일

매주 한 번씩 혈액은행을 찾아오는 미모의 아가씨가 있었다. 외모뿐 아니라 마음씨도 천사처럼 고운 아가씨였다. 그날도 헌혈하러 온 그녀는 익숙한 자세로 옷을 벗고 침대 위에 누었고, 때마침 그곳에 발령을 받아온 지 얼마 안 되는 젊은 의사가 기구를 들고 다가왔다.

의사가 그녀를 알아보고 가볍게 말을 걸었다.

"남들은 꺼리는 일인데 아가씨는 전혀 그렇지 않은가 보군요. 참 뜻 깊은 일을 하고 계십니다.".

"전 무슨 일이든 남을 돕는 일을 좋아해요. 헌혈이야말로 '누워서 힘 하나 들이지 않고 남에게 기쁨을 줄 수 있는 일' 아닌가요? 아마, 이런 일은 세상에 또 없을 거예요."

그 말에 젊은 의사가 고개를 설레설레 흔들었다.

"모르시는 애깁니다, 아가씨."

"?"

"저한테 주소를 알려주십시요. 그러면 오늘밤 찾아가서 또 다른 일이 있다는 것을 확실하게 보여드리겠습니다."

증인의 고민

"좀 안 좋아 보이는데, 걱정이라도 있나요?"

판사가 친절하게 증인에게 물었다.

"예, 판사님. 저는 진실을 말하겠다고 선서했습니다. 완전한 진실 말입니다. 진실 외에는 아무것도 말하지 않겠다고 했지요. 그런데, 매번 변호사가 제동을 거는 겁니다."

모르면 가만히 있어!

운전면허를 따기 위해 신체검사 접수를 하고 복도에서 잠시 기다렸을 무렵, 내 이름이 불렸다.

"나미사 씨~~"

"네."

방 안으로 들어가니 40대 초반쯤으로 보이는 의사선생님께서 앉아계셨다.

"나미사 씨~ 여기 빨간색 의자에 앉으세요."

(의사가 지정한 의자가 나로부터 2m쯤 떨어져 있음)

"양손 한 번 위에 올려놓고 잼재미~한 번 해보세요.. 자~ 잼재미~~ ^0^"

"흐억.. (잠시 그 유치함에 놀랐으나 곧 따라하게 됨.)

잼재미~~ *^0^*"

"자~ 됐습니다. 여기 사인하고요, 밖에 나가서 원서 받아가세요."

"어?? 벌써 끝난 건가요?"

"네, 이쪽으로 나오세요."

? ? ? ? 이상하다…….

사기를 당한 건가? 분명히, 운전면허 시험 볼 때 거치는 신체

검사에는 시각, 청각 및 운동신경 검사 등이 포함되는데 이게 어찌된 일인가??

그런데 받아본 원서에는 모든 기능이 정상으로 나와 있었다.

헉……. 그렇다면 어찌된 일인가?

아, 역시 세계에서 교통사고 사망률 1위라는 타이틀은 괜히 얻은 게 아니었구나 싶었다.

하여튼, 어찌된 일인지 간호사에게 물어보기로 했다.

"저어~ 누나, 이거요. 검사 다 안했거든요??"

"(원서를 보더니 익숙하게……) 들어갈 때 이름 불렀죠??"

"네."

"대답했죠??"

"그럼요."

"청각검사 합격이구요."

"헉……!!!"

"들어가서 잼재미 했죠??"

"네."

"운동신경검사 합격이구요."

"뜨헉……."

"의사선생님이 앉으라는 데 앉았죠??"

"네."

"시력검사 합격입니다."

"허걱!!"

두 술꾼

두 술꾼이 술에 만취가 돼 철길을 엉금엉금 기어가고 있었다.

앞에서 기어가던 친구가 말했다.

"야! 무슨 사다리가 이렇게 길지. 끝이 없네. 내려갈 수도 없고."

뒤에서 기어오던 친구는,

"못 올라가겠다. 좀 쉬어가자."

"야! 지금은 안 돼. 저 밑에서 엘리베이터 올라오는 소리 들려오거든."

목마와 숙녀가 뭐시기야?

중3 때 직접 겪었던 일이다.

당시 학교 분위기는 학습과 관계없는 소지품을 휴대하면 당장 호랑이선생님께 꾸중을 듣던 때였다.

나는 그때 동생에게 선물하려고 조그만 액자를 팬시점에서 하나 샀다.

그 액자에는 멋진 그림과 시가 함께 적혀 있었다.

제목은 목마와 숙녀

한 잔의 술을 마시고 / 우리는 버지니아 울프의 생애와 / 목마를 타고 떠난 숙녀의 옷자락을 이야기한다 /

목마는 주인을 버리고 그저 방울 소리만 울리며 / 가을 속으로 떠났다…… 등등

그런데 그 액자를 갖고 있다가 교실에서 호랑이선생님이 그걸 보셨다.

"너…… 이게 뭐야?"

(당황해서 우물쭈물……)

"아무것도 아닌데요……."

(목소리에 핏대를 세우면서)

"학생이…… 하라는 공부에는 신경 안 쓰고 데이트하고 다니는 거 아냐? 엉???"

"그런 거 아닌데요. 동생에게 선물하려고 샀어요."

(계속 노려보시다가 확 뺏으시면서)

"거짓말하기만 해봐라. 이리 내놔 봐~~~!!!"

선생님은 액자를 한참 바라보시더니 계속 읽고 또 읽고…… 액자 한 번 바라보고…… 내 얼굴 보고……

번갈아 그러시더니

갑자기 주먹을 불끈 쥐시면서 더욱 목청을 높여서 하시는 말씀...

"너~~~ 너너너~~말야……. 솔직하게 얘기 안하면 용서 안 하겠어. 진짜…… 동생 주려고 네가 산 게 맞아???

너…… 남자친구 사귀지? 그리고 이거…… 남자친구한테 받았지? 솔직히 말해!!!!"

"아네요. 제가 팬시점에서 산 거란 말예요. 흐흐흐흑……."

그랬더니 선생님이 이번엔 눈이 튀어나올 듯 흥분하시면서 목청껏 하시는 말씀^^.

"그렇다면…… 박인환이가 누구야???"

sul이란??

인생 강의실 – 술집
고전학 강의실 – 막걸리집
서양학 강의실 – 양주집

사장은 – 여자에 취해 정신이 없고
전무는 – 술에 취해 정신이 없고
계장은 – 눈치 보기 정신이 없고
말단은 – 빈 병 헤아리기에 정신이 없고
마담은 – 돈 세기에 정신이 없다.

술에 취하면
1단계 – 신사
2단계 – 예술가
3단계 – 토사
4단계 – 개

1병은 ~~~이 선생
2병은 ~~~이 형

3병은 ~~~여보게

4병은 ~~~어이

5병은 ~~~야!

6병은 ~~~이 새끼

7병은 ~~~병원.

첫 잔은 – 술을 마시고,

두 잔은 – 술이 술을 마시고,

석 잔은 – 술이 사람을 마신다.

청명해서 – 한 잔

날씨 궂으니 – 한 잔

꽃이 피었으니 – 한 잔

마음이 울적하니 – 한 잔

기분이 경쾌하니 – 한 잔

술은 – 우리에게 자유를 주고

사랑은 – 자유를 빼앗아 버린다.

술은 – 우리를 왕자로 만들고

사랑은 – 우리를 거지로 만든다.

술과 여자, 노래를 사랑하지 않는 자는 평생을 바보로 보낸다. 인생은 짧다. 그러나

술 – 잔을 비울 시간은 아직도 충분하도다.
술 – 속에 진리가 있다.
술 – 은 사람의 거울이다.
술 – 잔 아래는 진리의 여신이 살아 있다.

공짜 술만 얻어먹고 다니는 – 사람은 공작.
술만 마시면 얼굴이 희어지는 – 사람은 백작.
홀짝홀짝 혼자 술을 즐기는 – 사람은 자작.
술만 마시면 얼굴이 붉어지는 – 사람은 홍작.
혹자는 인간이 살아가는 데 필요한 세 가지는
술, 돈, 여자가 아니냐고 말하기도 한다.
신은 단지 물을 만들었을 뿐인데 우리 인간은
술을 만들었지 않는가?
술이 없으면 낭만이 없고,
술을 마시지 않는 사람은 사리를 분별할 수 없다!

한 잔은 – 건강을 위하여,
두 잔은! – 쾌락을 위하여,
석 잔은 – 방종을 위하여,
넉 잔은 – 광증을 위하여.

그러나…… 이렇듯이 좋은 술이라 하여.
과음은 삼가 하소서! 건강 해치실까 염려되옵니당……*^.^*

방바닥에서 자려는 이유

신혼인 부부가 있었다.

그런데 남편은 회사 일에 지쳐 매일 파김치가 되어 퇴근했다.

침대에서도 늘 축 늘어져 하룻밤 내내 코만 골고 잤다.

그날도 저녁을 먹고 자려고 하는데 새색시가 침대에 눕지 않고 혼자 방바닥에 눕는 게 아닌가.

신랑이 물었다.

"왜 방바닥에서 자려고 해?"

"뭔가 나도 오랜만에 딱딱한 걸 느껴보고 싶어서요."

스푼의 용도

한 고급 레스토랑 웨이터가 있었는데 누구나 스푼 두 개를 주머니에 항상 지니고 있었다.

손님이 그 까닭을 웨이터에게 물었습니다.

"사장님의 엄명입니다. 스푼이 가장 잘 떨어트리는 물건이라서 손님께서 스푼을 떨어트리는 즉시 바꿔드리기 위함입니다."

"우와! 대단한 경영자이군. 그런데 자네들 바지 지퍼 끝에 달린 끈은 무슨 용도인가?"

"네, 이거요. 화장실에 가서 소변 볼 때 손으로 거시길 만지지 말라고 해서요."

대단히 위생적인 레스토랑이라고 생각했다.

하지만 손님은 다른 궁금증이 생겼다.

"그러면 일을 보고 나서 집어넣을 때는 어떻게 하나?"

"그때 손을 사용하지 않고, 이 스푼을 이용합니다."

바람끼 많은 사내

병에 걸려 집에 누워 있는 친구를 바람기 많은 사내가 병문안을 갔다.

그런데 2층에 성장한 두 딸이 있는 걸 눈치챘다.

어떻게 좀 해보고 싶은 마음이 꿈틀거렸다.

사내는 작전을 짰다.

"여보게, 자네. 날씨가 찬데 슬리퍼를 안 신었는데 내가 2층에 가서 가져다 줌세."

"고맙네……."

그래서 그 사내는 2층엘 올라가 두 명의 딸을 만나게 되었다.

"아가씨들 아버지가 나에게 당신들과 잠자리를 같이 해도 좋다고 허락했네."

"무슨 말씀이세요? 말도 안 돼요! 더구나 두 명 다라고요?"

"물론, 둘 다지. 내가 확인해 줄까?"

그리고는 사내가 아래층을 향해 소리쳤다.

"여보게, 양쪽 둘 다?"

그러자 아래층에서 처녀들의 아버지가 대답했다.

"그래, 양쪽 다!"

램프의 요정

한 여자가 버려진 램프를 줍는 순간 요정이 튀어나왔다.

요정 : 나를 구해 줬으니 소원을 하나 들어 줄게요.

여자 : (곰곰이 생각하다)중동지역의 평화를 원해요.

요정 : (지도를 들여다보며)이 나라들은 천 년 전부터 싸우고 있다고요. 내 능력으로 풀긴 어려운 문제니까 다른 소원을 골라 봐요.

여자 : 그렇다면…… 좋아. 나는 여태껏 제대로 된 남자를 발견하지 못했어요. 당신도 아시겠지만 감정이 섬세하고, 친절하고, 요리하는 것을 즐기고, 집안일을 도와주고, 잠자리에서도 훌륭하고, 내 가족들과도 잘 지내고, 스포츠 중계만 보고 앉아 있지도 않고, 또 아내에게 성실한 남자, 그런 남자를 내 인생의 반려자로 구해 주세요.

요정 : (큰 한숨을 쉬며)아까 그 지도 다시 펴!!!!!!!!

훈민정음 전라도버전

시방 나라말쌈지가 떼놈들 말하고 솔찬히 거시기혀서

글씨로는 이녁들끼리 통헐 수가 없응께로 요로코롬 혀갖고는 느그 거시기들이 씨부리고 싶은 것이 있어도 그 뜻을 거시기헐 수 없은께, 허벌나게 깝깝허지 않것어?

그렇고롬혀서 나가 새로 스물여덟 자를 거시기했응께

느그들은 수월허니 거시기혀부러 갖고 날마동 씀시롱 편하게 살어부러라.

기적의 혼동

종로에 사는 바오로 씨는 작년에 결혼한 딸이 얼른 임신하길 바랐다.

그래서 기적의 성모상 앞에 가서 소원을 빌었다.

"빨리 외손자가 태어나게 해 주세요"

그리고 얼마간 시간이 흘렀다.

바오로 씨는 다시 기적의 성모상을 찾아가 원망 섞인 목소리로 이렇게 말했다.

"성모님, 물론 제 기도를 들어주셨어요. 하지만 약간의 혼동을 일으키셨나 봐요. 외손자를 낳은 건 시집간 딸이 아니라 시집 안 간 우리 막내딸이지 뭐예요. 글쎄…… 성모님 이거 어떻게 하시겠어요? 네?"

믿음과 실천

교황이 중국을 방문했다.

중국 공산당 부부장이 종교의 자유가 있다는 것을 증명하듯 북경에 있는 성당으로 교황을 안내했다.

공산당 부부장이 교황 보란듯이 성당에 들어설 때 성호를 그었다.

"부부장께서는 천주교 신자이십니까?"

"네, 저는 천주교를 믿기는 하지만 그 믿음을 실천하지는 않습니다."

"그렇다면 부부장님 천주교 신앙과 공산주의에 대한 충성이 서로 모순되지 않습니까?"

그러자 공산당 부부장이 교황의 귀에 대고 말했다.

"교황님, 저는 공산주의를 실천은 하지만 믿지는 않습니다."

정당한 이유

산골에 있는 작은 교회가 폭풍우가 내려치고 번개치는 날 벼락을 맞아 불에 다 타버렸다.

교인들에게 건축 헌금을 걷었지만 한 노인만은 절대로 안 내는 것이다.

“목사님요, 말도 안 되는 기라에, 나는 한 푼도 못 냅니더. 도대체가 저거 집에 불 질러뿌는 그런 분한테 우째 한 푼인들 낼 수가 있겠습니꺼? 목사님, 안 그렇십니꺼?”

교황직과 경찰직

교황 요한 23세가 어떤 소년으로부터 편지 한 통을 받았는데 그 내용이 이러했다.

"교황성하, 저는 앞으로 경찰관이 되든가, 아니면 교황이 되든가, 이 둘 가운데 하나가 꼭 되고 싶어요. 교황님의 충고를 기다리겠습니다."

요한 23세가 그 소년에게 답장을 썼다.

"나의 사랑하는 친구야, 내 충고를 바란다면, 나는 네가 경찰관이 되는 게 훨씬 낫다고 생각한다. 왜냐하면 경찰관은 아무나 되는 게 아니지만, 교황은 누구든지 될 수 있는 거란다. 보아라, 내가 교황이 되었잖니?"

우리 남편 앞에 얼씬거리지 마!

허벌레 부부가 쉬고 있는데 늙은 거지가 지나가고 있었다. 아내가 불쌍히 여겨 돈을 주며 물었다.

"할아버지, 연세가 얼마세요?"

"육십이라오."

"예순 살! 그러고도 그렇게 정정하시네요."

"그러믄요 젊어서부터 술 한 방울 안했거든요."

이 말에 아내는 남편을 향해서

"그것 보세요! 밤 늦게까지 술집에서 사는 당신과는 딴판이죠."

"게다가 담배도 안 피웁니다."

아내는 거 보란 듯이 남편을 향해 소리쳤다.

"여보, 좀 들어 보세요! 당신도 제발 이 아저씨를 반만 본받으세요."

"게다가 또 나는 밤일도 장가든 초기에만 한 주일에 한 번 정도였지. 그 뒤로는 딱 끊었거든요."

"일 주일에 한 번만이라고요?"

아내는 이 말에 질겁을 한 듯 거지를 대문 밖으로 밀어내고 대문을 쾅 닫았다.

"어서 가세요! 다신 우리집에 얼씬도 마세요!!"

공약 실천

어느 나라의 대통령 후보가 선거 전략으로 파격적 공약을 했다.

"아파트 값을 반으로 내리겠습니다!"

그후 여론조사를 해봐도 지지율은 조금도 오르지 않았다.

그래서 다시 새로운 공약을 외쳤다.

"아파트 값을 껌 값으로 내리겠습니다."

그러자 많은 서민들로부터 몰표가 나와 무난히 대통령에 당선되었다.

며칠 후, 새 대통령은 공약대로 껌 값을 아파트 가격으로 올렸다.

살려 놓았더니

한 부인이 성생활에 무능한 자기 남편을 위해 백방으로 알아보던 중 비아그라를 한 통 구입했다.

그러자 남편도 회춘이 된다는 사실이 즐거워 아무런 처방도 받지 않고 덥석 그 약을 받아먹었다.

남편은 신기한 약효에 빠져 정량을 오버하고 매일밤 아내에게 봉사하느라 여념이 없었다.

그런데 너무 과로하였던지 아님 약의 부작용이었던지 남편이 며칠 후 그만 저세상으로 가고 말았다.

"아이고, 아이고! 세상에 어떻게 이럴 수가 있단 말인가!"

대성통곡을 하며 부인이 하는 말

"죽은 놈 살려 놓았더니 산 놈이 죽어버릴 줄이야! 아이고, 내 팔자야!"

그녀는 마술사

술에 만취한 세 남자가 몸 파는 여자들이 있는 곳을 찾았다.

그런데 집 주인이 난감해 하며 말했다.

"미안해서 어쩌죠? 지금은 아가씨가 둘 뿐인데……."

"한 명 더 구해 주세요."

"안 돼요. 지금 있는 거라곤 성인여자 크기와 똑같은 풍선 인형뿐이에요."

"그거라도 좋소. 우리 둘보다 더 취해 있는 저 친구한테 그걸 줘요."

일행은 곧 각자의 방으로 흩어졌다.

그로부터 한 시간쯤 지난 후 그들은 다시 만나서 자신들의 경험에 대해 말했다.

"내 여자는 대단했어. 몸이 화로처럼 뜨겁더구먼, 정말 화끈했어."

"흥, 내 여잔 어떻고? 몸매가 S라인 테크닉도 특급! 우와!!!"

그런데 세 번째 남자는 더욱 의기양양한 표정이었다.

"에이, 그 정도는 아무것도 아니야."

"?"

"내 여자는 꼭 마술사 같더라고. 내가 그녀의 젖꼭지를 꽉 깨

물었지. 그러자 이 여자는 갑자기 미친 듯이 방 안을 이리저리 날아다니더니 창문 너머로 감쪽같이 사라져 버리잖아 ! 우와, 신기하지 않니?”

그렇다면

어느 날 잔뜩 뭉개진 얼굴로 집에 돌아온 남편을 보고 부인이 깜짝 놀랐다.

"아니, 당신 무슨 일이에요?"

남편이 씩씩 거리며 대답했다.

"아파트 관리인하고 한바탕 붙었어."

"무슨 일로요?"

"아 글쎄, 그자가 이 아파트의 여자들을 죄다 데리고 잤다고 큰 소리치지 뭐야. 단 한 명만 빼고."

그러자 부인은 이렇게 말했다.

"음, 그건 틀림없이 15층에 사는 그 도도한 여편네일 거예요."

두 종류의 변호사

두 종류의 변호사들이 있다.

한 부류는 법을 아는 변호사들이고, 또 다른 부류는 판사를 아는 변호사들이다.

빌어먹을 것!

조깅과 역기, 테니스로 체력을 잘 다진 청년이 고민에 빠졌다. 단단한 근육에 검게 그을린 선탠…… 그런데 전체적으로 선탠이 잘 돼 있는 것과 달리 성기 부분만 하얗다. 남자는 성기를 그을리기 위해 뭔가 해야겠다고 결심했다.

마침 휴가철이라 동해 바닷가를 찾아가 옷을 전부 벗고 모래로 전신을 덮었다. 그런 다음 자신의 성기를 발기시켜 밖으로 내놓고 햇볕에 그을리기 시작했다.

얼마쯤 지났을까. 우연히 그곳을 지나가던 꼬부랑 할머니 둘이 남자의 그것을 발견했다.

그러자 한 할머니가 유감 많은 눈빛으로 그것을 쳐다보며 말했다.

"세상 참 불공평하구먼!"

"왜 그려?"

"아, 이것 좀 보라고."

할머니가 탄식하듯 말했다.

"열 살 때, 난 이것을 두려워했지,

스무 살 때, 난 이것에 호기심을 가졌지,

서른 살 때, 난 이것에 맛이 들어 즐겼지,

마흔 살 때, 난 이것을 계속 요구했지,
쉰 살 때, 난 이것을 위해 대가를 지불해야 했지,
예순 살 때, 난 이것을 위해 기도했지,
일흔 살 때, 난 이것을 완전히 잊어버렸지,
그리고 내 나이 여든이 된 지금…….
이 빌어먹을 것이 하필이면 맨땅에서 자라고 있잖아!"

50만 달러짜리 사진

한 사업가가 고문변호사로부터 한번 만나야겠다는 전화를 받고 그의 사무실을 찾았다.

"나쁜 뉴스(bad news)를 먼저 말씀 드릴까요, 아니면 끔찍한 뉴스(terrible news)부터 말씀 드릴까요."

"글쎄, 나쁜 뉴스부터 들읍시다."

"부인께서 50만 달러의 가치가 있는 사진을 한 장 발견했습니다."

"그게 나쁜 뉴스인가요. 그렇다면 끔찍한 뉴스도 어서 들어봐야겠네요."

"그 사진은 사장님과 여비서가 함께 있는 사진입니다."

변호사 아버지가 준 종신연금

아버지의 사업을 이어받은 한 젊은 변호사가 어느 날 저녁 의기양양한 얼굴로 집으로 돌아왔다.

"아버지, 마침내 20년 된 맥킨니 소송을 마무리했어요."

"그 소송을 마무리 지었다고!"

아버지가 놀라서 소리쳤다.

"저런, 나는 그 사건을 너에게 종신연금으로 주었던 것인데."

천당에서의 결혼

사랑에 빠진 젊은 남녀가 결혼식 전날 밤 교통사고를 당해 숨졌다.

천당에 간 두 사람은 베드로에게 가서, "결혼식을 못 올렸다." 며, "천당에서 결혼할 수 있느냐?" 고 물었다.

베드로는 "적절한 시간이 지나면 다시 이야기하자."고 하며 그들을 돌려보냈다.

5년이 지났고, 그들은 여전히 결혼하기를 원했다.

그들은 다시 베드로를 찾아가서 이야기했다.

베드로는 "5년은 기다리기에 충분한 시간이다. 그런데 문제가 하나 있다. 좀더 기다려보라."고 말했다.

또 5년이 지났을 때 베드로가 들뜬 상태로 그들을 찾아와서, "더이상 기다리지 않아도 된다. 당신들은 지금 결혼할 수 있다. 오래 참아 줘서 고맙다."고 했다.

두 사람은 결혼했다.

그러나 불행하게도 결혼 직후 그들은 자신들이 서로 맞지 않는다는 것을 깨달았다. 그들은 베드로를 찾아가서 이곳에 이혼 같은 게 있느냐고 물었다.

베드로는 싸늘한 표정으로 그들을 쳐다보고는 단호하게 말했다.

“이것 보세요, 여기서 목사를 찾는데 10년이 걸렸어요. 변호사를 찾는데 시간이 얼마나 걸릴 것 같나요?”

시계를 돌려줘야 하나요?

한 절도범이 시계를 훔친 혐의로 기소됐으나 법원에서 무죄 판결을 받았다.

증거가 불충분하다는 게 판결 이유다.

"무죄를 선고한다."며 석방을 명하는 판사에게 범인이 물었다.

"판사님, 그런데 시계는 돌려줘야 하나요?"

신뢰할 수 없는 재판

한 중년 남자가 친구에게 "정말이지 재판을 신뢰할 수 없다."고 불평을 늘어놓았다.

그가 사정을 이야기했다.

"내 아내가 이혼소송을 제기했지 뭔가. 내가 불임이라는 거야. 그런데 이번엔 우리 집 가정부가 자기가 낳은 아이의 아버지가 나라고 주장하며 법원에 친자확인소송을 냈어요. 그런데 결과가 어떠했는지 아나. 내가 둘 다 졌어요."

"……"

HP

어느 골퍼의 골프화 한쪽에는 HP라고 써 있고, 다른 한쪽에는 DB라고 써 있어 이상하게 여긴 친구가 무슨 뜻이냐고 물었다.

"응, 별 것 아니냐. HP는 '힘 빼고'이고, DB는 '대가리 박으라'는 것이지."

예나 지금이나……

두 친구가 골프를 끝내고 클럽하우스에서 한 잔 하며 옛날 얘기를 나누고 있었다.

"왕년에는 참 좋았지. 하루에 36홀도 했으니까."

한 친구가 자랑하자 다른 친구가 부러운 듯이 물었다.

"참 좋았겠다. 그래 그때 핸디캡이 뭐였니?"

"그야 마누라였지."

외계인

두 외계인이 우주선을 타고 골프장 위를 돌며 골프 치는 것을 지켜보고 있었다.

한 골퍼가 티샷을 쪼로를 내고 두 번째 샷은 생크를 내 러프 속으로 집어넣고 다시 벙커에 집어넣은 뒤 몇 타 만에 가까스로 그린에 올리는 것을 보고 외계인이 동료에게 아는 척하며 말했다.

"재네들이 어려운 곳에 볼을 넣고 누가 잘 빠져 나오는가 하는 경기를 하고 있군."

그때 골퍼가 마침내 홀 컵에 볼을 넣자 이를 본 다른 외계인이 말했다.

"재는 이제 정말 빠져 나오기 어렵게 됐군."

골프장이 아닌데……

실력이 형편없어 계속 툭탁거리며 이리저리 헤매던 골퍼가 캐디에게 말했다.

"이 골프장은 내가 플레이 해 본 곳 중에 가장 어려운 곳이야. 러프와 해저드도 많고, 하다못해 바위산도 막혀 있단 말이야."

캐디 왈.

"사장님, 여긴 골프장이 아닌데요. 골프장을 벗어난 지 벌써 한참 됐습니다."

PGA

은퇴한 한 기업인이 주변 사람들에게 은퇴 후 PGA 회원이 됐다고 자랑했다.

"아니, 언제 프로가 될 수 있을 정도로 골프 실력을 닦았나?"

놀라는 주변 사람들에게 그가 말했다.

"프로골프협회(PGA)가 아니고 Play Golf Anytime 회원이 됐단 말일세."

일등석의 금발미녀

인천국제공항에 아리따운 금발 미녀가 들어섰다.

파리행 티켓을 끊어 비행기에 탑승했는데, 아무런 예고도 없이 덥석 일등석을 차지하고 앉아버렸다.

"손님 티켓은 일반석이니 지정석으로 돌아가주세요."

승무원의 이런 말을 듣자

"난 금발이거든요. 파리에 갈 거고, 절대 자리를 옮기지 않겠어요."

금발의 막무가내식 버팀에 다른 승무원들까지 번갈아 찾아와 말해 보았지만 소용없었다.

이 상황을 알아챈 비행기 조종사가 내려왔다.

금발의 막무가내 승객을 발견한 조종사가 빙긋이 웃은 후 여자의 귀에 대고 한 마디 속삭였다.

그러자 그녀는 허겁지겁 소지품을 챙겨들더니 재빨리 일반석으로 달려가는 것이었다.

놀랜 승무원들이 조종사에게 물었다.

"도대체 뭐라 말씀하셨어요?"

조종사가 씨익 웃으며 대답했다.

"별거 아니야. 그냥 오늘 일등석은 파리로 가지 않는다고 말해줬지."

빨리 일하는 척해!

임명 받은 지 얼마 안 되는 신참 추기경이 있었는데, 어느 날 성당 안에 들어가 보니 아침 일찍부터 누군가가 기도를 하고 있었다.

그런데 자세히 살펴보니 다름 아닌 예수님이었다.

신참 추기경은 까무러칠 듯이 놀랐다.

그래서 얼른 교황님을 찾아가 그 사실을 전했다.

교황님은 도무지 믿을 수가 없어서 직접 교회에 가서 보고는 입을 다물 줄 몰랐다.

신참 주기경이 떨리는 목소리로 물었다.

"교황님, 이럴 땐 어떻게 해야 하는 거죠?"

그러자 교황님이 이렇게 속삭였다.

"어쩌긴, 빨리 일하는 척해!"

에로영화 제목 패러디

1. 정력이 약한 남편과 사는 금순이의 한 맺힌 소원을 화끈하게 풀어주는 영화!

"곧 세우마 금순아!"

2. 수의사의 빗나간 사랑을 동물적인 시각으로 그린 다큐멘타리 영화

"내 여자친구는 소.개 입니다."

3. 가까이 할 수 없고, 이룰 수 없는 사이의 처제와 형부의 몰래 사랑을 그린 회심작

"목표는 형부다."

4. 순간을 놓칠 수 없는 스릴과 스피드! 배반할 수 없는 스파이들의 세계를 그린 영화

"그녀를 먹으면 간첩"

곰 이야기

어느날 숲 속에 사냥꾼들이 들이닥쳐서 곰이란 곰은 죄다 잡아가버렸다, 딱 한 마리만 남겨두고.

혼자 남은 곰은 왜 자기만 잡아가지 않았는지 여간 궁금한 게 아니었다.

그래서 숲 속에서 가장 영리하다고 소문난 여우를 찾아가 물어보았다.

"여우야, 난 왜 안 잡아갔지?"

그러자 여우가 혀를 차면서 하는 말,

"에구, 이 쓸개 빠진 놈아! 그것도 몰라."

잘 그린 그림

모 수녀원에서 갑자기 이상한 소문이 돌기 시작했다.

어떤 수녀가 밤마다 몰래 수녀원을 빠져나가 사내와 잠자리를 같이 한다는 것이었다.

수녀원장이 수녀들을 모두 집합시켜놓고 자백을 강요했다. 하지만 누구 하나 자백하는 수녀가 없었다.

화가 난 수녀원장이 소리쳤다.

"내일 아침까지 남자의 성기를 그림으로 그려서 제출하도록! 만약 그러지 못하면 당장 쫓겨날 줄 알아!"

그 말을 들은 수녀들은 몹시 난감해 하였다.

그러나 정말 아무것도 모르는 한 순진한 처녀 수녀는 주어진 과제를 완수해야겠다는 일념으로 어쩔 수 없이 수녀원 후문을 지키는 문지기를 찾아갔다.

"정말 부탁입니다. 꼭 좀 보여주세요."

워낙 간절한 부탁이라 문지기는 할 수 없이 자신의 것을 보여주었다.

그런데 수녀는 그림에 일가견이 있어서 문지기의 그것을 실제와 거의 같게 그렸다.

이튿날 수녀가 그 그림을 수녀원장에게 보여주자 수녀원장은 깜짝 놀라며 순간적으로 이렇게 내뱉었다.

“아니! 이건 후문 문지기것이 아닌가?”

세계 도서 전시회

세계 도서전시회가 열리고 있었다.

이 세상에서 제일 두껍고 큰 책과 제일 얇고 작은 책이 전시되어 사람들의 호기심을 끌었다.

모여든 관람객들에게 안내원이 설명한다.

"여러분, 이 세상에서 제일 두꺼운 이 책은 부인이 남편에게 한 잔소리를 몽땅 써놓은 책이고요. 이 책은 남편이 아내에게 몇 마디 한 말을 적어 놓았기 때문에 가장 작고 얇은 책이 됐습니다. 혹시 궁금한 질문사항 있으십니까?"

그러자 한 사내가 안내원에게 다가와 작은 소리로 말했다.

"저…… '몇 마디'라도 어떻게 할 수 있는지 그게 참 궁금합니다."

장수의 비결

80세 노인이 건강진단을 받았는데 완전한 건강체였다.

의사가 신기해서 이렇게 건강체를 유지할 수 있는 비결이 무엇이었느냐고 물었다.

그러자 노인이 이런 설명을 하였다.

"50년 전에 결혼했는데……."

노인의 말은 계속되었다.

"난 그때 마누라와 약속을 했어요. 내가 성미 급하게 화를 낼 경우에는 마누라가 말대답을 하지 않고 침묵을 지키기로. 그리고 마누라가 화를 냈을 때는, 내가 밖으로 나가 숲 속을 산책하기로 말이오. 그후 나는 매일 같이 숲속을 산책하게 되었는데 그것이 건강에 좋았던가 보구려."

어떤 묘비명

신앙심이 깊지만 세 번이나 쓰라린 상처(喪妻)를 경험한 김 바오로씨가 네 번째 장가를 들었다.

하루는 시간을 내어 새 아내와 함께 전처들이 잠들어 있는 공원 묘지를 찾아갔다.

근시가 아주 심한 새 아내가 안경을 찾아 쓰기 전에 남편이 그들의 묘비명을 읽어 주었다.

"밀양 박씨 요안나, 김 바오로의 사랑하는 아내, 여기 하나님 안에서 고이 잠들다.

경주 김씨 마리아, 김 바오로의 사랑하는 아내, 여기 하느님 안에서 고이 잠들다,

창녕 조씨 데레사, 김 바오로의 사랑하는 아내, 여기 하나님의 안에서 고이 잠들다."

이러는 동안 새 아내는 안경을 찾아 직접 그 다음 줄을 읽었는데 이런 성경의 절수가 적혀 있었다.

"루가 12장 40절"

(루가 12 : 40 절 말씀 – 그러니 너도 항상 준비하고 있어라!)

그때 그분의 이름으로

교인이 된 지 얼마 안 되는 칠복이 엄마가 있었다.

칠복이 수줍음 많기로 소문난 분이었다.

어느 날 가정예배에 참석했다가 난생 처음 기도를 맡게 됐다.

떨리는 가슴으로 마음을 가다듬고 기도를 시작했다.

그런데 너무 긴장한 나머지 기도의 마지막을 어떻게 끝내야 할지 생각이 안 났다.

'예수' 라는 이름이 생각이 나지 않았다.

비지땀을 흘리다가 드디어 입을 열었다.

"~~그때 물 위를 걸으셨던 그분의 이름으로 기도드렸습나이다. 아~멘~."

코미디 역사상 최고의 인기프로 “유머1번지”의 김웅래 PD가 전해 주는

웃음이 좋다

웃음이 좋다

초판 1쇄 인쇄_ 2011년 7월 21일 | **초판 1쇄 발행**_ 2011년 7월 25일
지은이_김웅래 | **펴낸이**_진성옥 · 오광수 | **펴낸곳**_꿈과희망
디자인 · 편집_김창숙, 박희진 | **마케팅**_김진용 | **인쇄**_보련각
주소_서울특별시 용산구 원효로 1가 112-4 디아뜨센트럴 217
전화_02)2681-2832 | **팩스**_02)943-0935 | **출판등록**_제1-3077호
http://www.dreamnhope.com| e-mail_ jinsungok@empal.com
ISBN_978-89-94648-12-5 03810
※ 책값은 뒤표지에 있습니다.

웃음이
코미디 역사상 최고의 인기프로
"유머1번지"의 김웅래 PD가 전해 주는
좋다
김웅래 지음
꿈과 희망

차례

chapter_ONE 웃음은 기분 좋은 전염병이다

chapter_TWO 웃음은 성공과 행복의 보증수표다

갓난 아이가 웃는 것은 우스운 일이 있어 웃는 것이 아니다.
그 웃음은 아무런 의미도 없는 것이다.
행복하기 때문에 웃는 것이 아니고 웃기 때문에 행복하다고 할 수 있다.
그러므로 먼저 웃는 것이 중요하다.

– 알랭 –

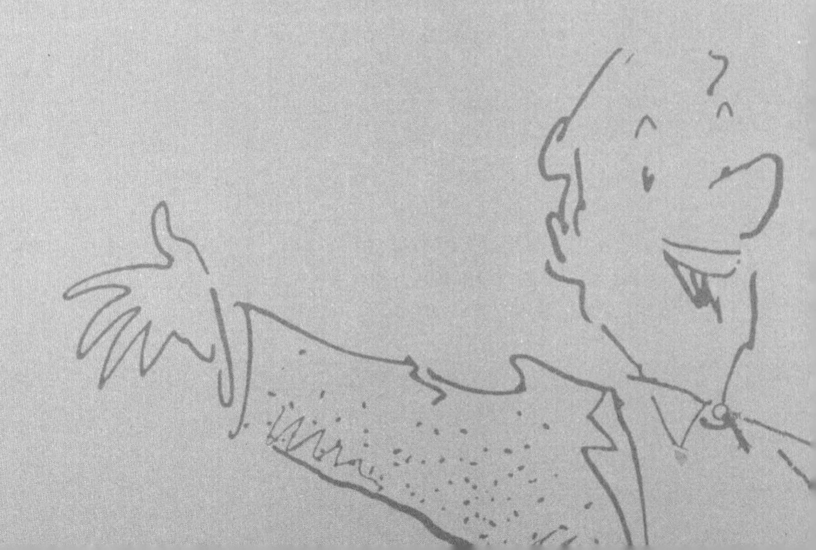

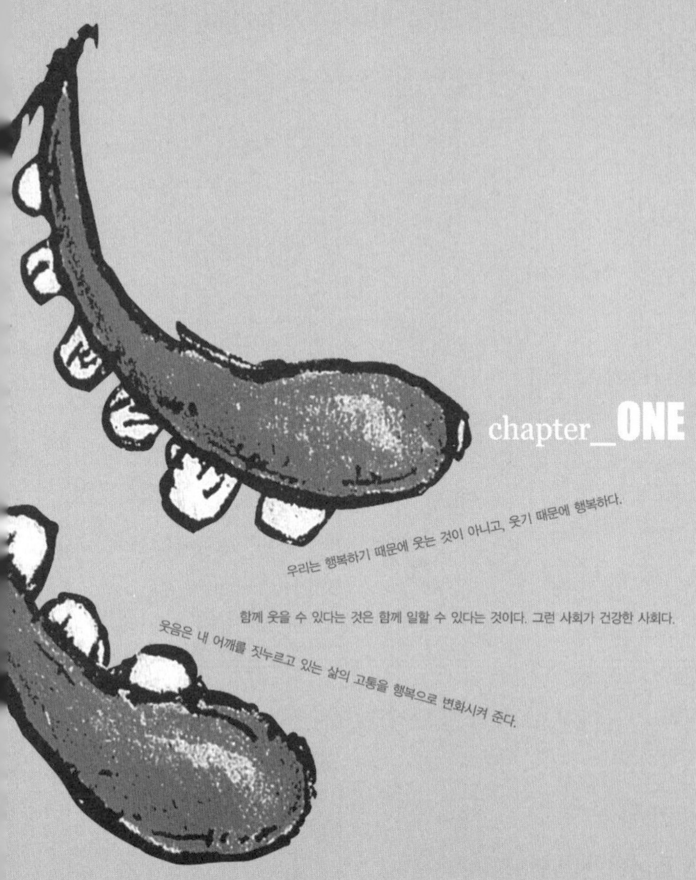

chapter_ONE

우리는 행복하기 때문에 웃는 것이 아니고, 웃기 때문에 행복하다.

함께 웃을 수 있다는 것은 함께 일할 수 있다는 것이다. 그런 사회가 건강한 사회다.

웃음은 내 어깨를 짓누르고 있는 삶의 고통을 행복으로 변화시켜 준다.

웃음은 기분 좋은 전염병이다

웃는 사람은 실제적으로 웃지 않는 사람보다 더 오래 산다.
건강은 실제로 웃음의 양에 달렸다는 것을 아는 사람은 거의 없다.
– 제임스 월쉬

관계

경상도 할머니 셋이 교회 앞 벤치에 앉아 이야기를 나누고 있었다.

한 할머니가 말했다.

"어이, 예수가 죽었다카데."

다른 할머니가 물었다.

"와 죽었다카드노?"

"못에 찔려 죽었다 안카드나?"

"어이구, 그눔아 머리 풀어 헤치고 다닐 때 내 벌써 알아봤데이……."

그러자 지금까지 아무 말 않고 있던 다른 할머니가 끼어들었다.

"예수가 누꼬?"

처음 할머니가 대답했다.

"모르제, 우리 며늘아가 아부지~ 아부지~ 캐사이 바깥 사돈 아이겐나?"

전 여비서

새로 온 여비서에게 사장 부인이 부탁의 말을 한다.

"당신은 사장님의 前 여비서처럼 엉덩이가 가벼우면 못써요."

"전 여비서가 누구였는데요?"

"나예요."

아무것도 아니야

밤이 깊었는데 남편이 부엌에서 뭔가를 찾고 있는 소리가 들렸다.

부인은 달그락 소리 때문에 잠을 청할 수 없었다.

"여보, 뭘 찾수?"

"아무것도 아니야."

"찬장이나 싱크대 밑은 뒤지지 마시고, 다용도실 선반 위에 가보면 거기 당신이 찾는 '아무것도 아닌거' 한 병이 아직 남아 있을 거예요."

그때까지만 참아주게

벌렁이 부부 집에 시도 때도 없이 드나들던 덜렁이라는 사내가 있었다.

헌데 벌렁이 부인이 폐렴으로 죽었다.

벌렁이보다 덜렁이가 더 슬프게 운다.

관을 묻으려 할 때도 관을 붙잡고 운다.

벌렁이는 덜렁이의 어깨를 어루만져 주면서

"이보게, 자네 마음을 충분히 이해하네. 내가 6개월 후면 다시 장가를 드네. 그때까지만 참아주게……."

추근대는 걸 원치 않아서……

봉달이가 고통으로 신음하는 아버지를 모시고 병원에 갔다.

의사가 진찰을 하고 어두운 표정으로 말했다.

"너무 늦었습니다. 말기 암입니다. 길어야 한 달 정도입니다."

사망선고를 받은 아버지는 의외로 담담했다.

그리곤 술집으로 가서 친구들을 모두 불러모아 놓고 술 한 잔을 사면서 병원 갔다온 얘길 했다.

"내가 에이즈에 걸려 한 달밖에 못산다고 하네……."

집으로 오는 도중에 봉달이가 아버지에게 물었다

"아버지, '암'에 걸렸는데 왜 '에이즈'에 걸렸다고 친구분들에게 말씀하셨어요?"

"내가 죽은 후에 내 친구놈들이 네 엄마에게 추근대는 걸 원치 않아서야."

협박의 결과

헌금 실적이 몇 주 동안 계속해서 저조했다.

생각 끝에 목사는 모종의 조치를 강구하기로 했다.

주일이 되자 헌금하기 바로 전 목사는 한 마디 했다.

"형제 자매 여러분! 이런 소리를 하고 싶지 않지만, 우리 교인 중에서 남의 여자와 정을 통하고 있는 형제가 있습니다. 오늘 헌금 때 그 사람은 적어도 10만 원은 헌금해 속죄를 대신해 주기 바랍니다. 그렇지 않을 경우 그의 이름을 게시판에 알리겠습니다."

예배가 끝나고 헌금함을 열어보니 생각하지 못했던 많은 10만 원짜리 봉투가 수북했다.

그런데 특이하게도 메모가 적힌 5만 원짜리 헌금이 나왔는데 그 메모의 내용은 이러했다.

"해지기 전에 나머지 5만 원을 헌금하겠으니 목사님 제발 침묵을 지켜주십시오."

극성스런 여자

마을에서 잔뜩 미움을 샀던 여자가 죽었다.

무시무시한 성깔로 남편과 아이들을 들볶고 동네사람들과 싸우기 일쑤였던 여자였다.

그가 죽자 동네의 모든 사람들은 한결같이 '이제 동네가 조용해지겠구나' 하고 생각했다.

장례식 날이 되었다.

후덥지근한 날씨였다.

그런데 갑자기 하늘이 어두워지더니 폭풍우가 몰아치기 시작했다.

번개가 번쩍거리고 요란스런 천둥이 쳤다.

그러자 그녀의 남편이 하늘을 우러러 보더니 이렇게 말했다.

"이제는 저기 가서 해대는군!"

여자의 업보

여자가 죽으면 저승으로 갈 때 평생 상대한 남자 수만큼 바나나를 들고 가야 한다.

수녀님들은 평생 남자라고는 상대도 해본 일이 없으니까 빈손으로 간다.

정숙한 여염집 부인들은 하나씩 들고 가고, 화류계 여자들은 광주리에 이고 간다.

그런데 천하에 바람둥이 화냥년이라고 소문난 여자가 바나나를 양손에 각기 하나씩 달랑 두 개만 들고 간다.

같은 마을에 사는 아주머니는 그 여자의 평소 소행을 너무나 잘 알고 있는 터라 달랑 두 개만 들고 가는 것이 너무나 가증스러웠다. 그래서 그 여자 뒤를 따라가면서 비아냥거렸다.

"세상에, 네가 얼마나 화냥년이었는지 모르는 사람이 없는데 그래, 바나나를 달랑 두 개만 들고 가냐? 참! 염치도 좋고, 낯짝도 두껍다."

그러자 그 여자가 획! 하니 돌아서며 쏘아 붙였다.

"아주머니! 이미 다섯 트럭 실어 보내고 떨어진 거 주워들고 가는 거예요!"

돌겠다, 돌아

병태가 정신병원 앞을 지날 때 자동차 타이어가 펑크 났다.

그 바람에 바퀴를 지탱해 주던 볼트가 풀어져 하수도 속으로 빠졌다.

병태는 속수무책으로 어찌할 바를 모르고 발만 굴렀다.

그때 정신병원 담장 너머로 이 광경을 지켜보던 환자 한 명이 일러주었다.

"여보세요, 그렇게 서 있지만 말고 남은 세 바퀴에서 볼트 하나씩 빼서 펑크 난 바퀴에 끼우고 카센타로 가세요!"

병태는 정말 '굿 아이디어' 라고 생각하고 물었다.

"고맙습니다. 정말 고맙습니다. 그런데 당신 같은 분이 왜 정신병원에 있죠?"

그러자 그 환자가 대답했다.

"나는 미쳤기 때문이지 너처럼 멍청해서 여기 온 게 아냐! 짜샤!!"

감 따먹기

초등학교 교장 선생님과 학생들이 가을을 맞이하여 시골로 함께 소풍을 나섰다.

한참 시골길을 걸어가다가 아주 잘 익은 감들이 주렁주렁 달려 있는 감나무 밭을 지나가게 되었다.

그 감나무 밭에서는 아저씨 두 명이 잘 익은 감을 열심히 따고 있었다.

초등학생들이 먹고 싶다고 졸라대는 바람에 교장선생님이 청을 드렸다.

"아저씨, 우리 애들이 감을 몇 개 따먹고 싶어하니 허락해 주시겠습니까?"

그랬더니 한 아저씨가 시원스럽게 대답해 주었다.

"네, 어서 따 잡수쇼! 나무에 올라가 따먹어도 괜찮습니다."

초등학생들이 신나게 감나무에 올라가 감을 따먹으며 농촌의 풍요로운 가을을 즐기는데 시간 가는 줄 몰랐다.

모두들 한참 재미나게 놀며 배부르게 따먹고 난 후 아직 갈 길이 좀더 남았으므로 교장선생님이 두 아저씨에게 고맙다고 인사를 하며 값을 치르려고 모두 얼마냐고 물었다.

그랬더니 한 아저씨가 손을 내저으며 이렇게 말하는 것이었다.

"값은 무슨 값입니까? 우리도 지금 주인 몰래 따고 있는 중인데요, 피장파장입니다!"

여자들의 뻔한 거짓말!

1위▶ 야한 거? 그런 걸 어떻게 봐.

(사실은 집에서 이불 뒤집어쓰고 느린 재생으로 멈춰가며 본답니다)

2위▶ 네가 첫 남자야.

(축하합니다! 당신은 스물아홉 번째 주인공입니다)

3위▶ 그냥 아는 오빠야.

(그냥 아는 오빠와 가끔 뽀뽀도 한답니다)

4위▶ 난 너무 살쪘어.

(허리 24인치에 청바지가 꽉 낀다며 그럽니다)

5위▶ 화장 하나도 안한 건데.

(할 거 다하고 립스틱만 안 바른 겁니다)

6위▶ 어머나! 벌레야! 무서워라.

(집에서는 바퀴벌레 손으로 꾹꾹 눌러 압사시킵니다)

7위▶ 나 하나도 안 고쳤어. 자연산이야.

(성형외과 의사와 안부도 주고 받는답니다)

8위▶ 예쁜 친구 소개해 줄게.

(단 나보다 예쁜 친구는 빼고)

9위▶ 궁합? 나 그런 거 안 믿어!

(머리 싸매고 고민하며 열두 군데 궁합 보러 다닌답니다)

10위▶ 나, 집에 늦게 들어가면 혼나.

(부모님 얼굴을 잊어버릴 정도랍니다)

소녀의 기도

다음은 어느 소녀의 기도 내용이다

"하나님, 건강에 유의하세요. 만약에 하나님께서 편찮으시면 세상이 어떻게 되겠어요?"

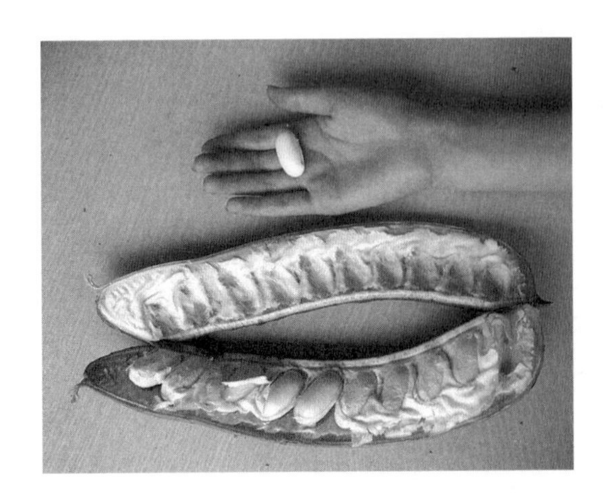

앞 줄

교인들이 모두 뒷자리에 앉기를 좋아하는 어느 교회에 낯선 사람이 방문해 앞줄에 앉았다.

예배가 끝난 후, 목사님은 낯선 사람과 인사하며,

"왜 앞줄에 앉으셨는지요?" 하고 물었다.

"저는 버스 운전사입니다."

그리고 이어서 말했다.

"목사님께서 어떻게 성공적으로 사람들을 뒷좌석으로 보내시는지 한수 배우러 왔습니다."

효심

분명히 성적표가 나왔을 텐데 필구가 성적표를 내놓지 않자 어머니가 물었다.

"필구야, 너 왜 성적표를 보여 주지 않니?"

"선생님의 가르침을 실천하느라고요."

"그게 무슨 소리냐?"

"선생님께서 오늘 그러셨거든요. 부모님께 걱정을 끼쳐 드리는 일을 해서는 안 된다고요."

아까워

두 친구가 스위스를 여행하며 관광을 하다가 한 곳에 이르러 강변에 표지판이 있는 것을 보았다.

'물에 빠진 사람을 구해 주는 자에게는 5,000불을 줌' 이라는 내용을 보고 둘은 의논했다.

하나가 물에 빠지고 하나가 건져주면 5,000불을 벌어 공짜로 관광을 할 수 있지 않느냐고.

그래서 하나가 물에 빠져 허우적대고 있는데 밖에 있는 친구가 구하러 올 생각도 않고 있는 것이다.

한참 허우적거리다가 겨우 밖으로 기어올라와서,

"이 친구야 약속이 틀리잖아? 내가 물에 빠지면 건지러 오기로 해 놓고 왜 꼼짝도 안 하고 있는 거야?"

그러자 그 친구

"저 푯말 밑에 작은 글씨를 보게."

자세히 보니 '죽은 자를 구출해 내면 10,000불을 줌' 이라고 쓰여 있어.

"맙소사!"

가정 통신문

유치원에서 아이가 가져온 가정통신문을 유심히 들여다보시던 아버지가 펜을 들어 선생님에게 편지를 쓰신다.

"우리 아이를 처음 유치원에 보낼 때 근심 반 걱정 반이었습니다. 그런데 지금은……."

그런데 이게 웬일?

아빠의 편지를 옆에서 훔쳐보던 아이가 갑자기 울음을 터트리는 것이다.

"앙앙~~ 아빠 미워! 아빠 미워!"

당황한 아빠는 아이에게 우는 이유를 물었다.

"아빤 아직 내가 무슨 반인지도 모르고 있었잖아? 난 '잎새반'이란 말야. 옆집 영희는 '새싹반'이고…… '근심반' '걱정반'은 없단 말야! 앙앙~~ 앙~~앙~."

사랑의 표시

하루라도 얼굴을 보지 않으면 잠이 오지 않을 정도로 서로를 끔찍이 사랑하는 두 남녀, 철수와 영희.

하루는 데이트 도중 영희가 사랑의 표시로 철수의 볼에 키스를 해주었다.

그런데 어찌된 일인지 철수는 키스한 곳을 손으로 마구 비벼댔다.

그러자 화가 머리 끝까지 뻗친 영희가 따지듯 물었다.

"어쩌면 그럴 수가 있어? 자기는 내가 자기 볼에다 키스를 한 게 그렇게도 기분 나빠?"

"뭔가 오해하고 있는 모양인데, 난 지금 지우는 게 아니라 영영 간직하려고 피부 속으로 비벼넣는 거라고."

남자는 못말려

영자는 휴가를 맞아 난생 처음으로 스키장이란 곳을 갔다.

초보인 영자는 제대로 연습도 해보지 않은 상태에서 겁도 없이 리프트를 타고 정상으로 올라갔다.

그러나 막상 위에 올라가 보니 이건 장난이 아니었다.

떨리고 무섭고 긴장된 상태에서 잠시 서 있다 보니 갑자기 오줌이 마려워졌다.

영자는 다급한 나머지 스키를 질질 끌고 나무 뒤쪽으로 갔다.

주위를 쓰윽 한 번 살핀 후 바지부터 내리고 팬티까지 무릎 밑으로 끌어 내린 그 순간이었다.

소변 누는 자세를 취하려고 하는데 스키가 아래쪽으로 스르르 미끄러져 내려갔다.

잠시 후, '꽝!' 하는 소리와 함께 영자는 그만 정신을 잃어버렸다.

다시 눈을 떴을 때는 병원 응급실이었다.

주위를 살펴보니 응급실 안에는 팔과 다리에 온통 붕대를 감고 있는 남자 한 명이 더 있었다.

"스키 타다가 부상당하셨나 봐요?"

영자가 조심스럽게 말을 건네자 남자 환자는 고개를 옆으로

설레설레 저었다.

“그럼 어쩌다가 그렇게 심하게 다치신 거예요?”

그러자 남자 환자는 고통으로 일그러진 표정을 지으며 힘겹게 입을 열었다.

“글쎄 리프트를 타고 올라가는데 어떤 미친년이 아랫도리를 홀라당 벗은 채 스키를 타고 있지 뭡니까? 그거 쳐다보며 한눈 팔다가 그만 리프트에서 떨어져서…….”

포상 휴가

철수가 군에 입대했다.

그리고 석 달 만에 간첩을 생포해 헬기를 타고 포상휴가를 나왔다.

친구가 물었다.

"너 대단하구나, 입대 전에는 논에 생쥐도 무서워서 못 잡던 네가 어떻게 간첩을 생포했니?

"밤에 보초를 서는데 저 멀리서 뭐가 움직이더라고, 암호를 대라고 해도 못 대지 뭐야, 그래서 소총을 쐈지. 총알이 다 떨어져서 기관총까지 갈겼어. 나중엔 수류탄까지 던졌지. 그런데 그 간첩은 다친 곳이 한 군데도 없더라고. 총알은 죄다 빗나갔고 수류탄은 안전핀도 안 뽑고 던졌던 거야."

"그런데 어떻게 잡았다고?"

"글쎄 안 터진 수류탄이 뒤통수를 정통으로 맞췄더라고."

새끼와 분

한 구두닦이가 다른 구두닦이에게 말했다.

“아, 글쎄 다방에 들어가니까 아저씨 세 분이 앉아 있는데 그 중 아저씨 두 분이 구두를 닦겠다는데 한 새끼가 안 닦는다니까 나머지 두 새끼 모두 안 닦는다잖아! 시벌…….”

무단 접근 금지

엄청 피곤하던 어느 가을날, 난 지친 몸으로 퇴근하여 일찍 잠자리에 들었다.

침대에 누워 생각해 보니 며칠째 밤(?)을 굶은 마누라가 날 가만 놔둘 리가 없다는 생각이 들어 경고문을 침대에 붙여놓고 잠을 청했다.

–경고–
허락없이 무단 접근시 발포함!!!

막 잠이 들 무렵 평상시 같으면 부드럽게 접근하던 마누라가 이날 따라 옆구리를 쿡쿡 찌르며 막무가내로 덤벼들었다.

"여보, 나 지금 피곤해. 그리고 거기 붙은 경고문 못 봤어?"

"응, 봤어! 그러니까 덤비는 거지."

그제서야 '아차, 경고문 문구를 잘못 썼구나' 하는 생각이 들었다.

난 그날 밤 경고문대로 '발포'를 하지 않을 수 없었다.

여자의 욕망

한 여자가 사랑하는 남자 친구가 전쟁에 나가서 그만 전사하자 비탄에 젖은 하루하루를 보내다 더 이상 이 세상에서 살고 싶은 마음이 없어졌다.

그래도 그녀는 살아보고자 애인을 잊으려 했지만 그와의 아름다운 추억을 생각하면 미어지는 가슴을 억제하기 어려웠다.

결국 그녀는 자살을 결심하고 옷을 모두 벗고서 알몸이 된 자신의 물오른 젖가슴에 권총을 겨누었다.

그런데 가만히 생각해 보니 자신의 아름다운 가슴이 상할 것만 같았다.

그녀는 망설이다가 총을 내려 배로 가져갔다.

두 눈을 질끈 감은 채 권총 방아쇠를 당기려던 그녀가 이번에도 멈췄다. 자신의 날씬한 허리며 매력적인 배꼽을 생각하니 참아 방아쇠를 당길 수 없었다.

이번에는 총을 더욱 밑으로 내려서 숲 속(?)의 동굴로 집어넣었다. 그런데 자신도 모르게 총구가 그 속 깊숙이 들어간 것이었다.

그 순간 삶에 대한 강렬한 욕망이 솟구쳐 올랐다.

그녀는 손에 든 권총을 내던지고 외출을 준비했다.

으미.. 어쩔껴???

봉달이 부인이 집을 지키고 있는데 남편 친구가 놀러왔다.

"봉달이 집에 있어요?"

"잠깐 나가셨는데요."

"안에서 기다려도 되겠습니까?"

"그러시죠."

장소는 거실 소파로 바뀌고, 친구 부인의 섹시한 몸매를 감상하고 있던 남편 친구는……

"부인!, 제가 50만 원을 드릴 테니 한 쪽 가슴만 볼 수 없을까요?"

그러자 부인은 50만 원이 웬 떡이냐며 한 쪽 가슴을 보여줬다.

잠시 후,

"도저히 못 참겠습니다. 나머지 한 쪽은 만져볼 수 있다면 50만 원 더 드리죠."

그래서 양쪽 가슴을 남편 친구에게 맡기고 도합 100만 원을 벌었다.

그 돈으로 부인은 남편 몰래! 비자금으로 쓸 생각을 하고 있었다.

잠시 후

"정말 못 참겠습니다. 저와 침대로 가면 100만 원 드리겠습니다."

부인도 약간은 몸이 달아오를 찰나였다.

한강에 배 지나간 자리 없다는 친구 말도 생각났다.

그래서 그날 무려 200만 원의 비자금이 생겼다.

남편 친구가 돌아가고, 남편이 돌아왔다.

"여보, 낮에 당신 친구가 찾아 왔었어요."

그러자 남편 왈,

남편 : "그래? 내게 빌려 간 돈 200만 원은 당신에게 주고 갔다고 전화했던데…… 그 친구 신용 괜찮은 친구구만!"

부인 : 흐헉헉~~~

도서관에서

한 금발머리 아가씨가 도서관에서 줄을 섰다.

한참을 기다려 자신의 차례가 되자 큰 소리로 말했다.

"빅맥과 프렌치 프라이, 그리고 콜라 한 잔 주세요!"

도서관 사서가 어이없다는 듯이 잠시 금발의 아가씨를 보더니 조용히 말했다.

"여긴 도서관이에요."

그러자 그녀는 조용한 목소리로 소근대듯 사서에게 말했다.

"빅맥과 프렌치 프라이~, 그리고 콜라 한 잔 주세요~~."

환자의 특별메뉴

한 사내가 아프리카에 다녀온 뒤 온몸에 굉장히 열도 나고 괴로워서 병원을 찾았다.

검사 결과 의사 선생님은 악성 바이러스에 감염되었다고 하시며 입원을 하라고 하였다.

게다가 악성 바이러스성 병이라서 전염성이 엄청 강하다고 했다.

"세상에 그럼 어떻게 해야 하죠?

"음, 일단 오늘부터 환자식으로 피자, 빈대떡, 납작한 호떡 등으로 식사를 넣어 드리겠습니다."

"그런 음식이 치료에 도움이 되나요?"

"아, 그런 건 아니고요. 입원실 문을 열지 않고 문 밑으로 넣을 수 있는 음식은 그것 밖에 없잖아요."

회사 망하게 하는 방법

어느 회사에서 '회사를 발전시키는 방법'에 대해서 회의를 하고 있었다.

시간이 많이 지나도 마땅한 아이디어가 나오지 않았다.

그러자 어떤 사람이 그럼 반대로 '회사를 망하게 하는 방법'에 대해서 토의해 보자고 제의했다.

근무시간에 인터넷 도박만 한다. 사우나로 출근한다. 직원 식당을 없애고 호텔 뷔페에서 점심을 제공한다. 등등.

그런데 이제까지 아무 말 없이 회의를 지켜보던 한 간부가 입을 열었다.

"회사를 지금 이대로 둔다."

할머니와 TV

우리 할머니가 워낙 옛날 분이시라 아직 TV에 대해 잘 모르십니다. 드라마도 진짜라고 생각하시는데 매일 가르쳐 드리면, "아, 가짜구나." 하시다가 어느새 또 제자리로 돌아오시는 분이십니다.

10년을 넘게 되풀이하고 있습니다.

크흐~ 이제는 거의 포기 상태줘여~~!

어제 낮에 드라마 재방송을 보는데, 잠깐 CF하는 시간!

모 탤런트가 김치버거 들고 선전을 하다가 맛있게 먹는 장면이 나왔습니다.

광고가 나오길래 그러려니 하고 보고 있는데……

말없이 TV를 감상하시던 할머니가 갑자기 하시는 말씀

"야~야~ 저 보레이~ 즈~즈~ 즈그~, 아이, 웬 가시나가 빵을 저렇게 입이 터지게 먹노? 아구냐~ 얄궂데이~ 저 꼬라지……자는 맨날 저카데!"

저는 순간 할 말을 잃었습니다.

맨 마지막 한 마디가 압권이었습니다.

"저 가시나 오늘 벌써 스물두 개째 처먹는데이~~."

남편의 속뜻

동해안 휴전선 부근 마을에서 마치 폭군처럼 아내를 억누르고 지내는 남편이 있었다.

부부라기보다는 일 부리는 하녀로 취급했다.

교회 목사님이

"여보게, 선진국 남자들은 아내를 중히 여기네. 그리고 외출할 때에도 여자를 뒤에 거느리고 다니는 게 아니라 앞에 모시고 다닌다네."

"알았습니다."

그 후 야외에서 목사님은 그 부부를 만났는데 이번에는 부인을 앞세워 걷고 있었다.

목사님은 너무도 반갑고 신기했다.

"자네도 드디어 선진국 신사가 되었군."

그러다 머쓱해진 이 남자 이런 대답을 했다.

"그게 아니고, 요즘 뉴스에 DMZ 안에는 묻힌 지뢰 폭발사고가 연일 보도되는 걸 보고 마누라를 앞세웠구먼요."

포도주

병이 나서 누워 있는 노인의 건강을 위해 기도해 달라고 한 환자의 집을 방문했던 부인이 몹시 화를 내며 들어왔다.

"왜? 환자의 집에서 나쁜 소리를 했어?"

"어휴 분해. 글쎄 그 노인이 당신에게 준다고 포도주 한 병 내오라고 부인에게 시켰는데 '1900년산으로 가져올까요?' 하잖아요. 새 걸 주면 어때서…… 자기들도 안 먹는 걸 주려고 해서 그냥 왔어요."

"어휴, 이 멍청한 마누라야!!!"

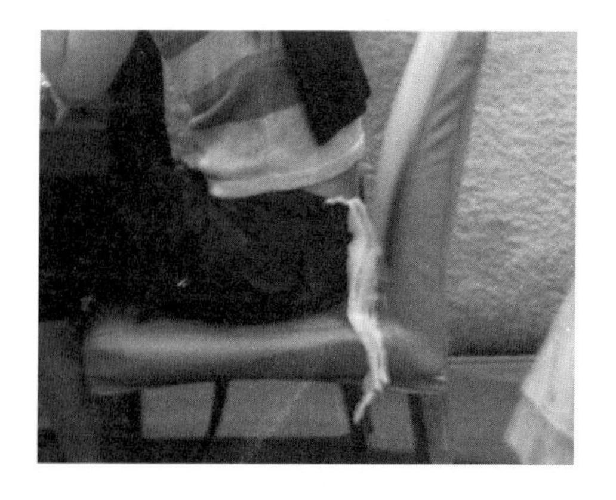

추석 귀향길에서 생긴 일

추석을 맞아 시골에 가던 중이었다.

고속도로는 정체가 심해 국도를 타고 달렸다.

그런데 특정 지점에 이르니 귀성 차량이 한꺼번에 몰리는 바람에 가다 서다를 반복했고, 언제쯤 정체가 풀리려나 짜증을 내고 있던 참에 앞서가던 택시가 옆의 샛길로 빠지는 것이 보였다.

순간 평소 머리가 좋다고 생각하던 그는 '옳거니' 하고 택시 기사는 길을 잘 아니까 따라가기로 했다.

같은 생각을 가진 몇 대의 차도 따라왔다.

그런데 아무리 쫓아가도 큰길은 나오지 않았다.

얼마쯤 가더니 드디어 택시가 멈춰 섰다.

택시 뒤에 줄줄이 멈춘 차들 앞에서 택시 기사가 난처한 표정을 지으며 말했다.

"오줌 좀 누려는데 왜 자꾸 따라와요? 보는 눈이 점점 많아지니 미치겠네!"

그들이 동물농장에 간 이유

어느 날 '담배'와 '빵'이 동물농장에 갔다.

왜?

담배는 말보로……

빵은 소보로……

누가 변한 걸까???

우리 남편은요, 결혼 전에는 너무 너무 잘해 줬어요.

눈쌓인 길을 걸을 땐 앞에서 눈을 치우면서 나를 인도하고 좀 춥다 싶으면 옷을 벗어서 걸쳐 주고…… 기타 등등. 감동 그 자체였죠.

그리고 분식점에서 라면을 같이 먹다가 젓가락을 앞에 세우고는, "자기야 어디 있니? 안 보여."라고 하며 젓가락 좌우로 고개를 돌려보며 젓가락 뒤에 숨은 내 얼굴을 찾으려고 안간힘을 쓰곤 했죠.

결혼한 지 몇년이 지난 후,

며칠 전에 같이 집으로 가던 길에 예전 생각이 나서 내가 전봇대 뒤에 숨어서 자기에게 물어봤어요.

"자기야 나 보이니?"

자기 왈:

"배꼽 빼고 다 보인다."

젊은 아내와 마도로스

한 번 항해를 나가면 한 달씩 집을 비우는 선원이 있었다.

선원이 집을 비우게 되면 선원의 아내는 잠을 이룰 수가 없었다.

선원의 아내는 의사를 찾아갔다.

"남편이 없으면 잠을 이룰 수가 없어요!"

그러자 의사 왈,

"매일 밤 잠자리에서 이렇게 되뇌어 보세요. 발가락아 잠자라, 발목아 잠자라…… 다리야 잠자라, 허벅지야 잠자라. 이런 식으로 머리 꼭대기까지 가보세요."

바로 그날 밤 아내는 중얼거렸다.

"발가락아 잠자라, 다리야 잠자라, 허벅지야 잠자라. 사타구니야 잠자라!"

이때 갑자기 아파트 문을 열고 남편이 들어왔다.

그러자 아내가 외쳤다.

"다들 기상, 다들 기상!"

확실한 병명

한 여성이 의사를 찾았다.

"선생님! 온몸이 다 아픈데 너무 심각해요! 제발 좀 원인을 알려주세요."

그러면서 손으로 팔을 누르고, "아얏!" 비명을 질렀다.

또 다리를 만지며 "아얏!" 소리를 지르고, 코를 만지면서도 "아얏!" 하고 비명을 질렀다.

여자는,

"보세요! 얼마나 심각한지 보셨죠?"

그러자 의사가 웃으면서 말했다.

"걱정 마세요~ 그렇게 심각한 건 아니네요. 당신 집게손가락이 부러졌어요!"

광우병의 원인

한 여기자가 최근 우려되고 있는 광우병과 관련해서 한 농부와 이야기를 나누었다.

"이 병의 원인이 뭔지 짐작 가는 바가 없으신가요?"

"물론 있죠. 수놈이 암컷에게 덮치는 건 1년에 단 한 번뿐이라는 사실을 알고 있어요?"

"거 미처 몰랐던 일인데, 그게 광우병하고 무슨 상관인가요?"

"그리고 우리가 하루에 두 번씩 암소의 젖을 짠다는 사실은 알고 있었어요?"

"이야기가 재미나는데, 요컨대 무슨 이야기를 하시려는 겁니까?"

"요컨대 이런 이야기라고요.

만약 남편이 댁의 젖가슴을 하루에 두 번씩 만져주면서 성관계는 1년에 한 번 밖에 안 해준다면 미치지 않겠냐 말입니다."

마누라 밤일 자랑

남자 동창 셋이 모여 마누라 자랑을 늘어놓기 시작했다.

남자 1 : 우리 마누라는 밤마다 내 것을 가지고 핸드브레이크 연습을 하는 거 있지.

남자 2 : 우리 마누라는 내 걸 가지고 5단 기어 연습을 해서 말이지…… ㅋㅋㅋ

세 번째 남자는 묵묵히 있었다.

그러자 친구들이 "자네는 어떤가?" 하고 물었다.

남자 3 : 우리 마누라는 말이야. 밤에 침대에 누워서 셀프 주유소 주유기 잡듯 손에 쥐고 이렇게 얘기해. '자기~ 가득 채워주세요.'

신종 단속 카메라

퇴직한 경찰관이 가족과 함께 차를 타고 시외로 나가다가 무인 감시 카메라가 있는 지역을 지났다.

그런데 규정 속도로 달렸음에도 불구하고 카메라 플래시가 터지며 사진이 찍혔다.

남자는 이상하게 여겨 차를 돌려 다시 그 길을 지났더니 또 카메라가 번쩍였다.

남자는 뭔가 고장이 났다고 생각하고는 다시 한 번 지나갔고 카메라에 또 찍혔다.

"이 녀석들, 규정 속도도 감지 못하는 고장난 카메라를 달아놓고는……."

남자는 나중에 경찰서에 되돌아가 알려줘야겠다고 생각하며 떠났다.

2주 후에 남자의 집으로 '안전띠 미착용 벌금 고지서' 3장이 도착했다.

공인 회계사

공인회계사 3명이 대기업과 계약체결 인터뷰를 하기로 했다.

첫 번째 후보가 들어갔다.

"2더하기 2는 얼마요?"

"4입니다."

두 번째 후보에게도 같은 질문이 주어졌다.

그는 노트북 컴퓨터를 꺼내더니 스프레드시트 프로그램을 열어 몇 가지 공식을 입력한 뒤 결과가 나오자 대답했다.

"4입니다."

세 번째 후보도 같은 질문을 받았다.

그는 문쪽으로 가 밖에 누가 있는지 둘러보고는 문을 잠갔다. 그리고는 질문자에게 다가가 조용히 대답했다.

"얼마가 되기를 원하십니까?"

물론 3번째 후보가 채용되었다.

장교들의 외출

외출나간 10명의 장교가 복귀 시간에 한 시간 이상 늦었다.

"죄송합니다! 오늘 데이트가 있었는데 버스 시간을 놓쳤습니다. 잡아 탄 택시가 고장이 나, 농장에서 말 한 마리를 빌려 탔는데 달리다가 길에 쓰러져서 죽었습니다. 그래서 10km를 뛰어오느라 늦었습니다."

부대장은 장교의 변명을 믿지 않았지만 그냥 들여보내 주었다.

잠시 후 두 번째 장교가 나타나 말했다.

"죄송합니다! 오늘 데이트가 있었는데 버스 시간을 놓쳤습니다. 택시를 탔는데 고장이 났고 농장에서 말을 한 마리 빌렸는데 달리다가 길에 쓰러져서 죽었습니다. 그래서 10km를 뛰어왔더니 이렇게 늦었습니다!"

부대장은 더욱 믿어지지 않았지만 첫 번째 장교를 봐주었기 때문에 어쩔 수 없이 들여보냈다.

뒤이어 도착한 모든 장교들이 똑같은 말을 했고 결국 마지막 장교가 도착했다.

"죄송합니다! 오늘 데이트 때문에 버스를 놓쳤습니다. 택시를 탔는데……."

부대장이 "내가 맞춰볼까? 택시가 고장 났지? 그래서 농장에

서…….”라고 하자 장교가 대답했다

“아닙니다! 길 위에 죽은 말들이 너무 많아서 피해 오느라 늦었습니다.”

기발한 경고문

중국에서 있었던 일이다.

중국은 워낙 자전거를 많이 타고 다녀서 보통은 장사 하는 집 앞의 담벼락에 사람들이 자전거를 주차하고 출근을 하는데, 이게 너무 심하더라는 것이다.

집 주인은 자신의 담벼락에 자전거를 주차하지 말라고 온갖 경고문을 다 써 봤다.

부탁하는 글을 붙여 보기도 하고, 협박하는 글도 써보았으나 소용이 없었다.

어느 날, 궁리를 하던 중 이 집의 주인에게 기발한 아이디어가 생각났다.

그리고 담벼락에 아래와 같은 글귀를 써 붙이자 모든 자전거가 자취를 감추었다

"자전거 공짜로 드립니다, 아무거나 가져가십시오."

구원

교회에 다니기 시작한 지 얼마 안 되는 새 신자가 자기를 인도한 집사님에게 물었다.

"아니, 하나님께서 이왕 인간에게 '구원'을 주실 바에는 일 원 더 보태서 십 원을 주실 것이지 왜 하필이면 구원을 주신 거죠?"

그러자 그 집사님이 이렇게 대답했다.

"그건 하나님께서 미리 십일조로 일 원을 떼고 주셨기 때문입니다!"

하나님의 군사

어느 주일날……

예배를 끝낸 목사님의 본당 출구 앞에 서서 각 사람의 손을 잡고 악수를 했다.

목사님이 교회에 가끔 나오는 한 젊은이와 악수를 하면서 말했다.

"형제님, 하나님의 군사가 되어야 합니다."

그러자 그 젊은이가 대답했다.

"목사님, 저는 이미 하나님의 군사입니다."

"그래요? 그런데 왜 크리스마스와 부활절, 그리고 감사절날을 제외하고는 볼 수가 없지요?"

"저는 특수부대 비밀요원이거든요!"

환장할 소식들

좋은 소식 : 남편이 진급했다네!

나쁜 소식 : 그런데 여 비서가 엄청 예쁘다네.

환장할 소식 : 외국으로 둘이 출장가야 한다네.

좋은 소식 : 아이가 상을 타왔네.

나쁜 소식 : 사이 나쁜 옆집 애도 타왔네.

환장할 소식 : 아이들 기 살린다고 전교생 다 주었다네.

좋은 소식 : 살다 첨으로 남편이 꽃송이 몇 개를 선물했네.

나쁜 소식 : 그런데 하얀 국화꽃을 가져왔네.

환장할 소식 : 장례식장 갔다가 아까워서 가져온 거라네.

왓츄어 네임?

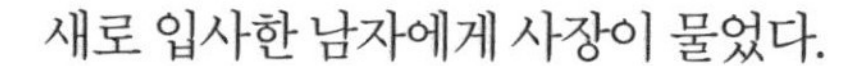

새로 입사한 남자에게 사장이 물었다.

"이름이 뭐죠?"

"김씨랍니다."

그러자 사장은 버럭 화를 내며 말했다.

"이것 봐! 여긴 막노동판이 아니라 회사에요. 당신이 우리 회사에 들어오기 전에 뭘 했는지 모르지만, 우리 회사에서는 이름을 그렇게 부르는 건 허용하지 않아요. 그리고 나는 김씨, 이씨, 박씨 이렇게 부르는 것은 정말 싫어한단 말이오. 앞으로 또 그런 식으로 이름을 얘기하면 당장 그만두게 하겠소! 이름을 다시 말해 봐요!"

그러자 남자는 기가 죽은 듯 고개를 푸욱 숙이더니 말했다.

"김 꽃사랑별사랑우주에서하늘을감싸안은우정 이요."

그러자 잠시 침묵이 흐르고 사장이 말했다.

"좋아요, 김씨. 집은 어디죠?"

사이즈는?

어느 남편이 결혼하고 처음으로 아내의 생일선물로 팬티 세트를 사주기로 마음먹고 백화점에 들어갔다.

"아가씨, 부인용 팬티 하나 주세요."

"사이즈가 어떻게 되시죠?"

"사이즈라…… 그건 잘 모르겠고……

하여튼!! 30인치 텔레비전 앞을 지나갈 때면 화면이 안 보이는데요."(..oo) (oo..)

형수님!

일찍 남편을 여의고 혼자 사는 형수가 있었다.

시동생은 이런 형수를 볼 때마다 밤이면 얼마나 외로울까 걱정이 되어 생각에 생각을 거듭하다가 혼자서도 외로운 밤을 보낼 수 있게 특별 제작된 신형 물건(?)을 구입했다.

시동생은 다음과 같이 당부하며 형수에게 건네주었다.

"형수님~ 이건 하루에 한 번만 쓰세요. 자주 쓰면 고장 나요!"

그런데 한 번 사용해 보니 기가 막히게 좋았다.

결국 시동생의 당부는 무시하고 수시로 사용하다가 그만 고장이 났다.

고치기는 해야 하는데 시동생에게 말은 못하고 끙끙대다가 편지를 쓰기로 마음을 먹었다.

종이와 연필을 준비했지만 아무리 생각해도 할 말이 없어서 고민하다 결국 다음과 같이 적고 말았다.

"도련님!~ 형님이 또 죽었어요~~!"

연예특종

유명한 여배우가 병원에 입원했다는 소문이 나자 각종 신문사 연예부에서는 비상이 걸렸다.

특종을 얻으려던 여기자 한 명은 간호사로 변장을 하고 병원으로 잠입해 들어갔다.

부장은 번뜩이는 아이디어의 여기자에게 잔뜩 기대를 하고 보고를 기다렸다.

다음날 신문사로 돌아온 여기자에게 연예부장이 물었다.

"그래! 특종은 건졌나?"

그러자 쭈뼛거리며 여기자가 하는 말.

"죄송합니다. ○○스포츠에서 온 의사가 절 내쫓는 바람에……."

은행원과 할머니

할머니가 통장과 도장이 찍힌 청구서를 은행원에게 내밀며 돈을 찾으려고 했다.

은행원이 하는 말,

"청구서 도장과 통장 도장이 다릅니다. 통장 도장을 갖고 와야 합니다."

할머니는 급하게 오느라 실수 했다며 통장을 은행원에게 맡기고 금방 온다고 하면서 갔다.

그런데 아무리 기다려도 오지 않던 할머니는 은행 문을 닫을 때쯤 헐레벌떡 들어오며 은행원에게 애원하듯이 말했다.

"아가씨 미안한데 반장 도장으로는 안 될까? 아무리 찾아도 통장을 만날 수가 없어서……."

대선 후보

새해가 되자 한 정당의 대선주자 가운데 한 사람이 '미나후' 라는 신년 휘호를 써서 대통령선거 경쟁자들에게 돌렸다.

신년휘호를 연습하다가 이 사실을 보고받은 또 다른 대선주자가 자신의 비서실장을 불렀다.

"미나후? 이게 무슨 뜻이고?"

"예, 그건 '미안해 나 후보야' 라는 말의 약자입니다."

이 말을 들은 대선주자는 묵묵히 글씨를 써 내려갔다.

거기에는 '미지후' 라고 써 있었다.

이걸 본 비서실장이 물었다.

"미지후? 그게 무슨 뜻입니까?"

그가 나직이 말했다.

"미친놈, 지가 무슨 후보라고……."

구국

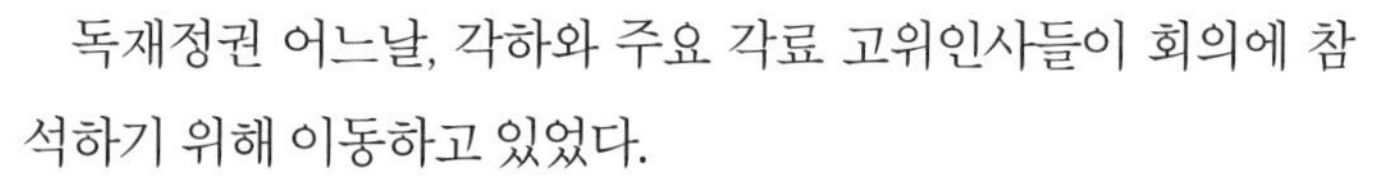

독재정권 어느날, 각하와 주요 각료 고위인사들이 회의에 참석하기 위해 이동하고 있었다.

차를 타고 가던 도중 연쇄 교통사고가 발생, 긴급히 병원으로 이송되었다.

기자들이 이 소식을 듣고 병원으로 달려왔다.

얼마 후 의사가 밖으로 나오자 기자들이 질문을 했다.

"각하는 구할 수 있습니까?"

의사는 찌푸린 얼굴로 고개를 가로저었다.

"각하는 가망이 없습니다."

기자들이 또 물었다.

"총리는 어떻습니까?"

의사는 또 고개를 가로저으며 말했다.

"역시 가망이 없습니다."

기자들이 이구동성으로 물었다.

"그럼 누구를 구할 수 있습니까?"

의사는 단호한 목소리로 외쳤다.

"나라는 구할 수 있게 됐습니다!"

전생

전생에 관심이 아주 많았던 한 남자가 의사를 찾아왔다.

"선생님 전 제 전생이 아주 궁금합니다."

그러자 의사는 곧바로 그에게 최면을 걸었다.

"자~ 뭐가 보이죠?"

그러자 그 남자는 최면상태에서 말했다.

"사람들이 아주 많이 보여요~ 사람들이 저에게 절을 하고 있어요~ 제에게 돈도 바치는 사람도 있어요. 무당 같기도 하고 무희 같기도 한 여자들이 내 앞에서 춤도 추고 있어요."

잠시 후 최면에 깨어난 그는 선생님에게 자신의 전생에 대하여 물었다.

"선생님! 아무래도 저는 전생에 왕이었던 거죠? 그렇죠? 그래서 제게 절도하고 돈도 바치고……."

그러자 의사가 단호한 목소리로 말했다.

"무슨 소리를 하시는 겁니까? …… 당신은 전생에 '돼지머리'였습니다."

장희빈의 최후

당대를 풍미한 악녀 장희빈이 드디어 숙종에게 사약을 받게 되었다.

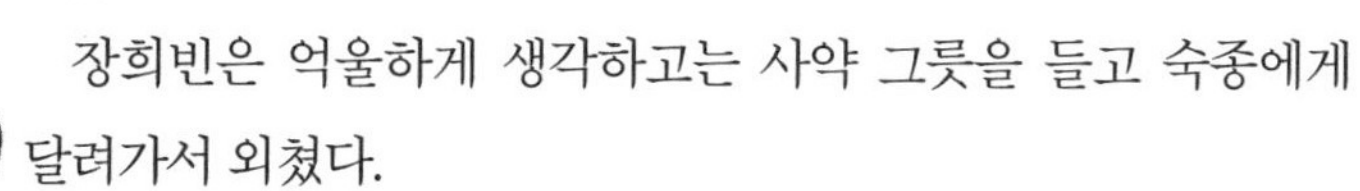

장희빈은 억울하게 생각하고는 사약 그릇을 들고 숙종에게 달려가서 외쳤다.

"이것이 진정 마마의 뜻이옵니까?"

이 말을 들은 숙종은 두 눈을 지그시 감고 한참을 생각하더니 말했다.

"내 마음을 그 사약 그릇 밑에 적어 놓았느니라."

한 가닥의 희망을 갖고 장희빈은 얼른 그릇 밑을 보았다.

그 글자를 본 장희빈은 사약을 마시기도 전에 거품을 물고 기절해 죽어버렸다.

사약 그릇 밑에는 이렇게 적혀 있었다.

"원샷~"

어떤 내기 골프

날씨도 화창한 어느 날 골프장에 갔는데 앞 조의 진행 속도가 너무 느리고, 게다가 골프를 매우 심각하게 치고 있었다.

마치 미국 프로골프(PGA)에서처럼 룰도 철저히 지키고, 터치 플레이도 없고 게다가 분위기도 매우 엄숙하고……

그런데 정작 무슨 돈이 오가는 것도 아닌 것 같기에 그늘 집에서 만나 조심스럽게 물었다.

"무슨 돈내기도 아닌 것 같은데 왜 그렇게 최선을 다해 조심스럽게 치십니까?"

그러자 일행 중의 한 사람이 대답했다.

"말씀 마십시오. 지금 형제끼리 치는데 오늘 지는 사람이 앞으로 부모님을 모시기로 하였습니다."

송사리

송사리 가족 다섯 마리가 한탄강으로 소풍을 갔다

레프팅 하는 사람들도 많았고, 물살도 빨라서 놀기에 좋았다.

송사리 가족들이 한참을 즐겁게 놀다보니 가족 수가 늘어난 것 같았다.

가족을 둘러보니 모르는 송사리가 한 마리 있었다.

아빠 송사리는 낯선 송사리에게 "너 뭐야?" 하고 물었다.

그러자 그 송사리 하는 말……

"저, 꼽사리인데요~!"

여자는 스포츠에 약하다?

경석이는 만 미터 달리기 경기 중계를 보고 있었고, 엄마는 거실 청소를 하고 있었다.

누나가 방에서 나오더니 엄마에게 물었다.

"엄마 지금 무슨 경기해?"

엄마가 대답했다.

"글쎄. 계속 뛰는 것을 보니까 마라톤인가 봐."

경석이는 엄마의 대답을 듣고 웃음을 참기 위해 애를 썼지만 누나의 한 마디에 더 이상 웃음을 참을 수 없었다.

누나가 엄마에게 물었다.

"그럼 몇 대 몇이야?"

전쟁터에서 일어난 실화 이야기 4개

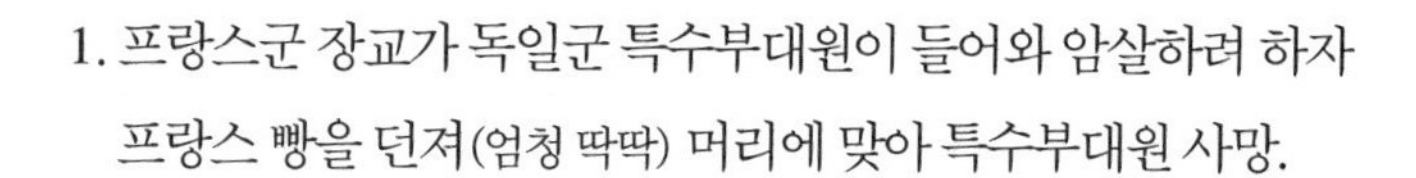

1. 프랑스군 장교가 독일군 특수부대원이 들어와 암살하려 하자 프랑스 빵을 던져(엄청 딱딱) 머리에 맞아 특수부대원 사망.

2. 태평양전선에서 88미리 장거리포를 신병이 모르고 고도를 높이고 발사. 마침 지나가던 일본군 폭격기에 명중. 신병은 이병에서 병장으로 진급.

3. 한국전쟁 공습경보가 울리자 당시 다리를 다쳐 나갈 수 없었던 병사 하나만 내무반에 놔두고 탈출. 나중에 그 다리 다친 병사만 생존. 이유는 폭격기가 내무반 입구에 폭탄을 투하해서 탈출 중이던 병력 전멸.

4. 2차대전 초기 마을 하나를 두고 공방전을 벌이던 독일군과 영국군의 장교가 단둘이서 하나밖에 없는 우물에서 마주침. 독일군 장교가 잡혔으나 여동생을 소개시켜준다고 하고선 풀려남. 2차대전 후 그 둘은 처남매부 사이가 됨.

역대 대통령의 운전습관

요즘 시중에 떠도는 유머가 있다. 역대 대통령의 통치 스타일을 운전 습관에 비유한 것이다.

먼저 이승만 대통령은 국제면허 운전이다.

뭔지 근사해 보이기는 한데 '영양가'는 별로 없다는 얘기다. 건국 이념과 통일 의지가 '인(人)의 장막'과 부정부패로 빛이 바랬다.

박정희 대통령은 모범택시 운전이란다.

절대빈곤에서 나라를 건져낸 점만은 '모범'으로 인정받을 만하다. 이후 개발독재의 비용을 톡톡히 치러야 했지만 원래 편히 가는 대신 값이 비싼 게 모범택시 아닌가.

최규하 대통령은 대리운전이다.

남의 유고(음주)로 대통령 자리(운전석)에 앉았고 운전 중 목격한 바에 대해 침묵하는 덕목이 영락없이 대리운전 기사를 닮았다.

전두환 대통령은 난폭운전이다.

도로는 혼자만의 세상이고 광란의 질주를 벌인다. 대형사고

도 여러 번 쳤다. 그래도 경제고속도로에서만큼은 기사에게 운전대를 맡겨 '3저(저금리, 저달러, 저유가)의 호재'라는 원활한 흐름을 거스르지 않았다.

노태우 대통령은 초보운전이다.

'보통' 운전자임을 주장하며 운전 실력을 "믿어달라."고 외쳐댔지만 도로의 운전자들은 초보(물통령)라고 비웃었다. 난폭운전자 덕에 한산해진 도로를 어려움 없이 달리는 듯했는데 집에 돌아와 보니 난폭운전자만큼이나 상처투성이였다.

김영삼 대통령은 무면허 운전이다.

사상 '최연소 운전자' '운전 9단' 등 소문이 무성했는데 정작 운전대를 잡고 보니 직진밖에 모르는 무면허였다는 것이다. 하기야 면허 없이도 운전할 수 있는 뚝심이 금융실명제라는 작품을 만들어낼 수 있었다. 나중엔 자기도 무면허 운전을 하겠다고 나선 아들한테 정신을 팔다 외환위기를 맞고 말았다.

김대중 대통령은 음주운전이란다.

IMF를 조기 졸업하는 데에는 성공했지만 시장경제를 내세우면서도 시장원리보다는 정부 개입과 권위주의 속에서 오락가락한 탓이다. 갈수록 음주량이 많아져 임기 후반에는 각종 게이트로 정신을 잃을 지경에 이르렀다.

노무현 대통령은 '역주행' 운전이다.

대연정과 사학법, 장관 지명 등 사사건건 일반 정서와는 반대 방향으로 움직이는 노무현식 정치를 빗댄 것이리라. 물론 그저 우스개일 뿐이다. 하지만 역주행은 다른 운전 행태보다 사고 확률이 높고 규모가 훨씬 클 수밖에 없다는 게 문제다.

그렇다면 이명박 대통령의 운전습관은 어떤 것일까?

(   )

혹시? 혹시?

어느날 돈 많은 중년 부인의 집에서 신음소리가 새어나오고 있었다.

"아앙…… 조금만 더……아…… 아……. 자기 바로 거기야. 아, 그렇게 해줘. 아아, 최고야."

바로 그때 중년 부인의 아들이 들어왔다.

"엄마, 나 배고파."

무심코 방문을 연 아이는 엄마가 다른 남자랑 야하게 있는 것을 발견하였다. 그때 그 어른이 그 아이에게 다가와 만 원의 돈을 주고 입을 다물어 달라고 했다.

며칠 뒤, 그 아이는 아무래도 그 일이 맘에 걸려서 고백성사를 하려고 성당에 들어가 고백성사를 하였다.

"무슨 고민이 있으십니까."

"신부님 며칠 전에 저희 엄마랑 어떤 아저씨가여 다 벗고……."

이 정도 얘기를 진행하자 갑자기 신부님이 버럭 소리를 질렀다.

"이 녀석아 만 원 줬잖아. 만 원이 모자라는 거야. 어린놈이……"

신체 중에서 6배로 커지는 곳은?

모 여대의 생물학 시간이었다. 교수가 여학생에게 물었다.

"학생, 환경의 변화에 따라 크기가 평소보다 여섯 배로 확대되는 인체의 장기가 무엇인지 말할 수 있나?"

이 질문에 놀라 얼굴이 빨갛게 달아오른 여학생이 차가운 목소리로 대답했다.

"교수님, 여학생에겐 적합한 질문이 아니라고 생각합니다. 뼈대 있는 집안에서 조신하게 성장한 저로서는 대답을 드릴 수 없어요."

그 말을 들은 교수는 다른 여학생에게 똑같은 질문을 했다.

그 여학생이 일어나 또박또박 대답했다.

"어두워졌을 경우 눈의 동공입니다."

"맞아요."라고 교수가 중얼거리더니 처음의 여학생을 향해 말했다.

"학생, 학생에게 지적할 세 가지가 있어요. 첫째 학생은 예습을 하지 않았어요. 둘째, 학생은 엉뚱한 상상을 했어요. 셋째, 학생은 언젠간 지독한 실망(?)을 하게 될 거예요."

중고 마누라 팔아유!

1998년 10월 XX예식장에서 구입한 마누라를 팝니다.

구청에 정품등록은 이미 했습니다.

1998년 당시에는 신기해서 많이 사용했지만 그 이후로는 처박아 두었기 때문에 사용 횟수는 얼마 되지 않습니다. 상태를 설명하자면 32인치급 허리가 채용되어 있습니다. 보통 2년차 주부가 28인치급을 채용한 것에 반해 4인치 이상 차이가 납니다. 그러나 가슴은 30인치급을 채용했기 때문에 만족감은 매우 떨어집니다. 음식물 소비는 동급에 두 배입니다. 무게 중심도 엉덩이 쪽으로 치우쳐져 있습니다.

얼굴 밝기 : 전체적인 얼굴 밝기는 어두운 편입니다. 특히 월말에 카드값을 풀로 땡겼을 경우나 어두운 밤에 자주 사용을 안 하면 동급에 비해 밝기가 많이 떨어집니다.

외형 및 디자인 : 살 때는 컴팩트였지만 지금은 액세서리와 옵션을 장착하여 매우 비대합니다. 특히 복부에! 장착된 살은 영구히 제거가 불가능합니다.

무게 : 안정감은 있지만 여행시나 외출시에는 사용을 권장하지 않습니다.

전원 : 밤 12시에서 6시 사이에 켜집니다.

밥 차릴 시간이 되면 꺼집니다.

특히 출근 시간에는 사용이 불가능합니다.

스피커 : 동급 최고 출력의 스피커를 내장하고 있습니다. 다만 어디가 고장이 났는지 컨트롤이 불가능하고 아무 때나 흘러나옵니다. 고쳐 쓰시기 바랍니다.

※ **특징**

동체 추적 기능 : 비상금을 찾아내는 기능입니다.

음성 녹음 기능 : 옛날에 실수했던 말은 기가 막히게 잘 기억합니다.

메모리 포맷 기능 : 자신의 실수는 바로 잊어버립니다.

연속 언어 기능 : 1초에 수백마디를 쏟아냅니다.

아끼던 물건인데 유지비가 많이 드는 관계로 내놓습니다. 마누라를 구입하시면 추가 카드(LG, 삼성, 신한 등등)를 끼워 드립니다. 백화점 카드도 여러 개 있습니다.

사용 설명서는 없습니다. 읽어봐도 도움 안 됩니다. A/S 안 되고 반품도 절대 안 됩니다.

중고 남편 팔아유~~!!

상태를 설명하자면 구입 당시 A급인 줄 착각하고 구입했습니다. 맘이 바다 같은 줄 알았는데 잔소리가 심해 사용시 만족감은 떨어집니다.

투자성 : 연봉은 4천 정도 됩니다. 그중 연료인 알코올 구입비가 연 2000만 원 정도 됩니다. 그밖에 부가사용료인 개인 레저비가 2000만 원입니다.

얼굴 밝기 : 전체적인 얼굴 밝기는 밝은 편입니다. 하나 월말에 카드값을 풀로 땡겼을 경우나 마눌이 피곤해 청소 상태가 불량일 때 밝기가 형편없이 떨어집디다.

전원 : 밤 10시에서 6시 사이에 켜집니다. 남들 퇴근하는 시간엔 꺼집니다. 특히나 마눌이 놀아달라고 할 때는 사용 불능입니다.

특징 : 집안먼지, 마눌이 노는 곳은 기막히게 포착하는 추적기능이 뛰어납니다.

아끼던 물건인데 유지비도 많이 들고 성격 장애가 와 급매합니다. 서방을 구입하시면 덤으로 각 유흥주점의 멤버십 카드와

신용카드도 다수 있습니다. 맘이 바다같이 넓은 서방과 교환할 경우 추가금 드립니다. 오늘 단 하루!! 대박 찬스 무대뽀 시어머니도 덤으로 드립니다. 참고로 돈 달라는 시동생은 덤입니다. 놓치지 마세요!!!

외로운 개구리 우짜노?

외로운 개구리 한 마리가 전화상담 서비스에 전화를 해서 그의 장래에 대해 물었다.

상담전화를 받은 사람은 이렇게 말했다.

"당신은 당신에 대해 모든 걸 알고 싶어하는 아름다운 소녀를 만날 것이오."

개구리는 기뻐서 어쩔 줄 몰랐다.

"와우! 정말 잘됐네요. 그러면 파티 같은 곳에서 만나게 되나요?"

그러자……

"아닙니다…… 생물 시간 해부학 실험실에서 만나게 될 것입니다."

남자도 생리대 쓴다?

난 원주에 있는 모부대에서 근무하는 헌병이다.

우리도 생리대를 쓴다.

헌병이라고 쓰여져 있는 그 하이바 안을 들여다본 적이 있는가 바로 그 하이바 안쪽 전면부에 우리는 생리대를 붙여서 쓴다.

앞머리에서 흘러나오는 땀을 흡수함과 동시에 이마가 쇠하이바에 직접적으로 닿는 것을 방지하기 위해 우리는 그런 변태지꺼리를 하는 것이다…… 젠장.

난 개인적으로 '화이트'를 쓴다 --;

화이트 슬림형 --;;

얇고 가벼우면서 흡수도 빠르기 때문에……

그리고 무엇보다 깨끗하기 때문에.. 나의 이미지와 딱……

(이런..젠장.. 내가 지금 무슨…… --;)

이런 CF 한 편 어떨까

키 크고 잘생기고 뽀다 만땅나는 헌병 두 명이 철조망을 따라 걷는다.

걸으며 이야기 나눈다.

자연스러우면서도 힘있는 하지만 조금은 투박한 말투로.

"김병장님, 김병장님은 어떤 거 쓰십시까?"

“응? 나? 녀석. 뭘 그런 걸 물어. 당연히 화이트지.”

“야. 김병장님도 그렇습니까? 저도 화이트 씁니다!”

“흡수도 빠르고, 얇고, 가볍고, 많이 흘리는 날도 걱정없고.”

“아, 정말 그런 것 같습니다. 무엇보다 깨끗한 게 저는 맘에 듭니다.”

“훗. 담 휴가 때 화이트로 선물 사올께! 기대해 하하”

두 헌병…… 점점 멀어지며 멘트 깔린다.

“제대하는 그날까지~~깨끗해요, 화이트”^^

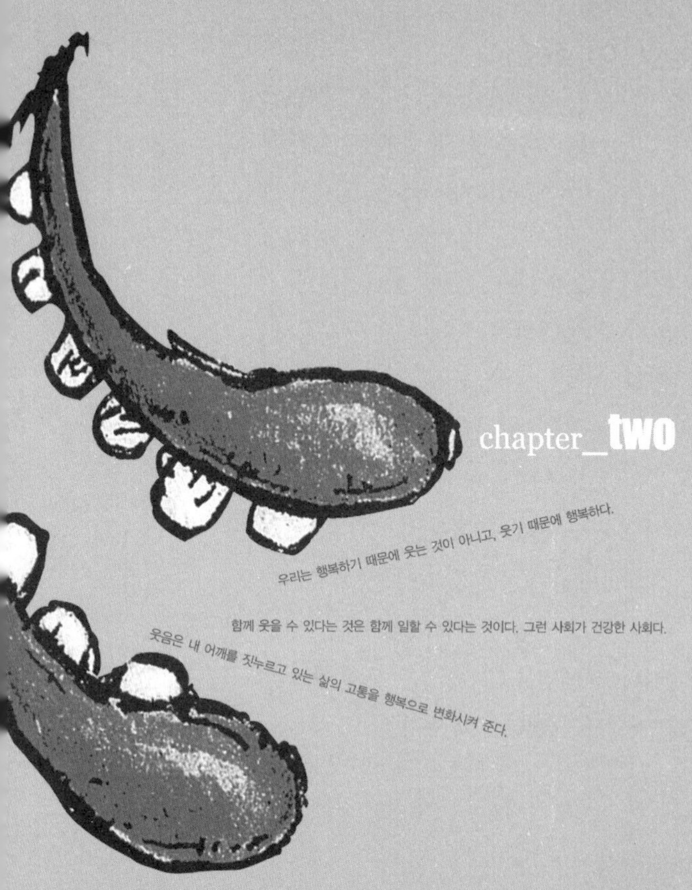

chapter_two

우리는 행복하기 때문에 웃는 것이 아니고, 웃기 때문에 행복하다.

함께 웃을 수 있다는 것은 함께 일할 수 있다는 것이다. 그런 사회가 건강한 사회다.

웃음은 내 어깨를 짓누르고 있는 삶의 고통을 행복으로 변화시켜 준다.

웃음은 성공과 행복의 보증수표다

웃음이 적은 곳에는 매우 적은 성공밖에는 있을 수가 없다.
– 앤드류 카네기

기숙사의 추억

한 유명인이 오랜만에 모교를 찾아갔다.

학장은 그를 안내하여 옛날에 그가 사용했던 기숙사를 돌아보게 하였다.

때마침 그 방에서 여학생과 함께 있던 남학생은 학장이 오자 놀라서 급히 옷장 속에 여학생을 숨겼다.

"기숙사 옷장도 옛날 그대로군!"

그는 감개무량하여 옷장을 열어 보았다.

"여학생이 옷장에 들어 있는 것도 옛날 그대로군"

"아닙니다. 선배님, 이 여학생은 제 동생입니다."

"그래! 거짓말도 옛날 그대로야."

높이 제한

운전사와 그 친구가 트럭을 몰고 가는데 터널이 나왔다.

터널 위에는 '높이 3.5m 제한'이라는 팻말이 붙어 있었고, 둘은 얼른 내려 차의 높이를 쟀다.

불행하게도 차는 4m.

둘이 어떻게 해야 할지 몰라서 당황하고 있는데, 그때 운전사가 앞뒤를 살펴보더니 말했다.

"야, 교통경찰도 없는데 찬스다! 그냥 지나가자!"

삼촌의 비밀번호

한 컴맹이 삼촌이 즐기는 야동이 보고 싶어졌다.
하지만 방에 들어만 가면 컴퓨터를 잠가버린다.
그 컴맹은 삼촌의 비밀번호를 반드시 알아내리라 결심했다.
드디어 기회가 왔고 성공을 했다.
삼촌방에 미리 숨어서 옷장 틈으로 비밀번호를 본 것이다.
너무 좋아 친구에게 자랑을 했다.
"야 너 우리 집에 가자, 야동 보여줄게."
"너 삼촌 비밀번호 모른다고 했잖아?"
"알아냈어! 별표 8개야(********)."

병원에 온 사오정

의사 : 왜 오셨지요?

사오정 : 이상해서요. 눈에 하~얀 귀신이 보여요.

의사 : 고쳐드리겠으니 눈을 감아 보십시오.

잠시후.

사오정 : 와~~ 정말이네! 귀신이 사라졌어요. 감사합니다.

사오정 간 뒤.

의사 : 왜 밥풀이 눈썹 위에 있을까???

꿈속의 꿈

돈을 빌려 쓴 사나이가 빚을 받으러 온 사람에게 다 죽어가는 목소리로 애원했다.

"보시오, 이제 내 생명은 그리 긴 것이 못 될 것 같소이다. 어젯밤 내가 죽는 꿈을 꾸었지 뭐요."

그 말에 빚 받으러 온 사나이가 대답했다.

"꿈은 반대라고 하지 않소, 당신이 죽은 꿈을 꾸었다면 이제 당신은 정녕 장수할 거요."

그러자 더 작은 목소리로 말했다.

"그런데 또, 그 꿈속에서 당신에게 돈을 갚은 꿈을 꾸었소이다."

열병

삼대독자가 열병에 걸려 눕자 약을 지어 먹였는데 효과가 없이 죽고 말았다.

죽은 아이의 아버지가 의원에게로 가서 길길이 날뛰었다.

의원은 자기가 직접 보아야 하겠다고 하며 그 집에 가서 죽은 아이의 시체를 진맥하더니 아이 아버지에게 말했다.

"농담도 이만저만이 아니시구만, 열이 완전히 내리지 않았습니까?"

교실에서

학기 초에 있었던 일인데요.
강의 시간에 껌씹는 학생이 있었다.
계속 입을 오물오물하며 있기에
교수는 하도 어어 없어
"○○아, 너 입 안에 뭐냐?"
"저 말입니까?" 하며 일어섰다.
"그래, 너 입 안에 뭐냐고!"
그러자 서슴치 않고 이렇게 대답했다.
"저 이반의 꽈대(과대표)인데요."

아부지~ 너무하십니다용~

전에 못 봤던 '해리포터와 비밀의 방' 을 비디오로 빌려보기로 했다.

옷을 챙겨입고 나가려는데 잔돈이 없는 것이었다.

마침 눈 앞에 TV를 보고 있는 아버지가 있었다.

나: 아부지 비디오 빌려보게 돈 좀 줘요

그렇게 말하면서 아버지의 표정을 살폈다.

(아부지가 좀 구두쇠다)

아버지: 뭐 볼 건데?

나 : 해리포터와 비밀의 방요.

그러자 아버지의 한 마디,

아버지 : 하나만 보거라!

남편이 필요한 존재라고 느낄 때

1. 밤늦게 쓰레기 버리러 나가야 할 때
2. 형광등이나 전구가 나갔을 때
4. 화장실에서 볼일을 보고 났는데 화장지가 떨어졌다는 것을 발견했을 때
5. 내가 좋아하지 않는 음식이 남아서 처치곤란일 때
6. 야한 비디오를 빌리거나 갖다 줄 때
7. 짐도 많은데 아이가 차 안에서 잠들었을 때
8. 명절 때나 친척들이 모일 때 : 여태 결혼 안 했으면, 언제 결혼할 거냐고 좀 들볶였을까
9. 가기 싫은 모임이 있을 때 : 유부녀니까 남편 핑계를 댈 수 있다
10. 모처럼 자유인 주말, 친구 만나려고 여기저기 전화해도 다 집에 없거나 바쁠 때

위기의 순간

불안 : 등산중에 아랫배가 이상하다

위기 : 화장실 앞으로 2킬로미터라는 푯말이 보인다.

다행 : 사람들 눈에 띄지 않게 등산로 이탈에 성공했다.

안정 : 조용하고 은밀하게 밀어낸다.

불안 : 경사진 곳이라 옆에 세워둔 배낭이 위태로워 보인다.

위기 : 나의 손이 닿기 전 배낭이 쓰러져 거리가 멀어진다.

재치 : 오리걸음으로 배낭에 다가간다.

안정 : 배낭을 열어 휴지를 찾는다.

황당 : 갑자기 방에 두고나온 휴지의 잔상이 뇌리를 스친다.

절망 : 휴지도 없는데 배낭 속엔 비닐봉투만 있다.

또 재치 : 잎이 넓적한 나무를 찾아 오리걸음으로 이동

안정 : 잎을 따서 밑을 닦는다.

찝찝 : 한 번 더 접어서 닦으려고 하는 순간 잔해물 속에 압사된 듯한 애벌레가 죽어 있다.

애도 : 애벌레의 명복을 빌며 똥과 함께 흙으로 덮어준다.

불안 : 바지까지 다 입었는데 똥꼬가 간질간질하다.

의문 : 혹시 두 마리였나?

잔인 : 그대로 항문에 힘을 주어 처리한다.

초죽음 : 이놈이 쐈다

쪽팔림 : 나는 지금 아랫도리가 모두 벗겨진 채로 헬기타고 날고 있다.

기절 : 쏘인 자리를 치료하던 구조대원이 한 마디 한다.

"옻나무잎이…… 왜 여기 붙어 있지?"

남자가 여자를 위해 지켜야 할 것!!

1. 그녀에게 모닝콜을 해주기 위해 머리맡에 알람시계 다섯 개 켜놓고 자는 것
2. 그녀가 보낸 1백 번의 문자 메시지에 일일이 답해 주는 것
3. 새벽에 걸려온 그녀의 전화. "미안 잤어?" 라는 말에, "잠이 안 오네?" 라고 말할 줄 아는 감각
4. 돈 없어도 그녀의 밥은 내가 사주는 괜한 오기
5. 가끔은 그녀 집 앞에서 무작정 기다려보는 로맨틱
6. 지갑을 털어 그녀를 택시에 태워 보낸 뒤 자신은 몇 시간 걸어 집에 가는 센스
7. 스토리가 장황하지 않되 임팩트있는 유머 감각
8. 그녀의 수다를 '사소하고 쓸데없는 것' 이라 무시하지 않는 수용성
9. 그녀가 먹다 남긴 음식 맛있게 먹을 수 있는 황소 같은 먹성
10. 갈 때는 쿨하게 마지막까지 치사하게 굴지 않는 예의

그냥 솔로 할래.—— ;

슈퍼컴이 계산한 세계가 핵실험으로 멸망하는 과정

1. 대만의 독립 선언
2. 중국 선전 포고
3. 미국 대만 강력수호의지 표명, 유엔 안보리 중국 비난
4. 중국 개전 이틀 만에 타이베이 진격, 미군 공식 참전
5. 한국과 일본 중립선언, 미국한테 갈굼받고 연합군 지지로 입장선회
6. 영국과 일본 참전 중국 포위
7. EU 분열 프랑스와 독일 전쟁불참 선언
8. 수세에 몰린 중국 핵무기 사용 가능성 언급
9. 한-세계 FTA 법안 국회 의결, 통과
10. 북한 전격적으로 남침, 개전 42분 만에 강원도 점령
11. 북한군 파죽지세로 진격
12. 북한군 전북슈퍼컴퓨터가 26번의 시뮬레이션으로 예상한 (오차범위최소) 세계 핵전쟁으로 멸망하는 과정 부안 진입
13. 부안군민들, 북한군을 국군으로 오인
14. 부안군민들 가스통, 화염병, 새총, 사시미, 쇠파이프, 낫 총동원 사력을 다해 저항
15. 북한군 64% 궤멸

16. 김정은 장군 후퇴명령, 후퇴하던 중 FTA 반대 농민 시위대와 대치
17. 농민이 던진 수박 김정은 장군의 대퇴부를 강타
18. 김정은 장군 서거 (향년 35세)
19. 한반도 남북통일
20. 체제는 홀수달 자본주의, 짝수달 공산주의로 통일임시국회에서 합의
21. 한편, 대만에선 인구의 90% 사망
22. 미국과 중국 핵무기 전방 배치 일촉즉발의 위기
23. 우간다 중국에 선전 포고
24. 중국 우간다에 구형 미사일 재고 23422발 전량 발사
25. 우간다 멸망, 지도에서 사라짐
26. 레이디 가가 평화를 위한 'Cure the world' 앨범 발표
27. 전세계에서 236장 판매
28. 레이디 가가 음독 자살
29. 사우디왕조 전복
30. 아랍 전역에서 반미 무장 봉기
31. 미국, 이라크에 소형 핵무기 발사
32. 실수로 이스라엘에 떨어짐
33. 유태인 97% 사망
34. 예수 재림
35. 예수 별로 주목 받지 못함

36. 예수 할복 자살
37. 이명박 대통령 북한 비밀 핵무기 관련 보고 받음
38. 이명박 대통령 핵무기 시찰 중 발사 버튼을 모니터 작동 버튼으로 오인
39. 노동 1, 2, 3호 뉴욕 한복판에 떨어짐, 미국인 7800만 명 사망
40. 이대통령 잽싸게 미대통령에게 전화, 중국이 쏜 거라고 구라침
41. 국군 참전 의사 표명과 아울러 중국 맹렬히 비난하며 미국민에게 위로의 말 전함
42. 미 대통령, 한국이 쏜 줄은 꿈에도 모름
43. 미국 애꿎은 중국에 핵폭탄 대량 투하
44. 중국인 7억 명 사망
45. 중국 핵폭탄 전량 미국에 발사
46. 가만히 있던 러시아, 프랑스 덩달아 발사
47. 인도와 파키스탄, 분위기에 휩쓸려 역시 발사
48. 유럽, 아메리카, 중국대륙 지구에서 자취를 감춤
49. 인류는 단 1%만 생존, 그곳은 바로 통일 한반도
50. 전라도 독립 전라국 선포

고로코롬 맛있는 새참

충청도 어느 산골 마을 여인이 지서를 찾아와 강간(?)을 당했다고 울먹였다.

순경이 자초지종을 묻는다.

순경 : 언제, 어디서 어떤 넘에게 어떻게 당했시유?

여인 : 긍께 그거이…… 삼밭에서 김매는디 뒤에서 덮쳐 버리지 않것시유, 폭삭 엎어놓고 디리 미는디 꼼짝두 못허고 당해버렸시유~~

순경 : 얼라~? 고놈 참 날쌔게두 해치웠나 비네. 혀도 그라제, 어째 소리도 못 질렀시유?

여인 : 소리를 어찌 지른디유~~~. 순식간에 숨이 컥컥 막히면서~~~ 힘이 어찌나 좋은지유~~~(아우).

순경 : 워미, ~~~미쳐불 것네유~~~. 그라마 끝난 다음에라도 도망가기 전에 소리 지르지 그랬시유?

여인 : 글씨 그것이유~~~ 어찌나 빨리 쑤시는지 발동기보다 더 빠르드랑게유~~ 정신이 항개도 없었시유~~~ 난중에 보니께 벌써 가고 없었시유~~~

순경 : 워미, 환장 하겄유~~~ 허믄 얼굴은 봤시유?

여인 : 못 봤시유~~~.

순경 : 어찌 얼굴도 못 봤다요? 고것이 시방 말이나 되유~~~?

여인 : 아~~~글씨 뒤에서 당했다니께유~~~~!!!

순경 : 암만 그려도 그렇지유, 돌아보면 될 거 아니것시유?……??

여인 : 돌아보면 빠지잖아유~

순경 : 그 넘 벌써 재넘어 갔을거구만유~ 그냥 새참 먹은 셈 치고 돌아가셔유~ 젠장…… 쩝.

여인 : 안 되어유~ 찾어야 되유~ 새참을 어찌 오늘만 먹는데유~~ 고로코롬 맛있는 새참이 어디 그리 흔한가유~ 후딱 찾아 주셔야 되유~~

아내의 청력

최근에 와서 아내가 내가 물어보는 말에 제대로 대답을 안 한다는 것을 깨달았다.

나는 전문의와 상담하고 나서 어떻게 이 문제에 접근할 것인가를 결정하기로 했다.

전문의는 아내의 청력을 진단하고 난 후에 처방을 할 수 있으므로, 우선 집에 가서 아내가 어느 정도의 거리에서부터 못 알아듣는지 테스트를 해보라고 했다.

그날 저녁 아내가 부엌에서 저녁을 준비하는 것을 보면서, 난 곧 현관문에서부터 아내를 테스트하기로 했다.

(현관)

"여보! 오늘 저녁 뭐야?"

"……."

(응접실 입구)

"여보! 오늘 저녁 뭐야?"

"……."

(부엌 입구)

"여보! 오늘 저녁 뭐야? ……."

아니, 도대체 여기서도 안 들린단 말인가? 난 가슴이 너무 아

팠다. 아내의 귀가 이렇게 심각할 줄 몰랐다. 아내에게 미안함을 느꼈다. 난 천천히 아내 곁으로 다가가서 아내의 등에 손을 살포시 얹으며, 최대한 부드럽고 다정한 목소리로…….

"여보! 오늘 저녁 뭐지?"

그때, 아내가 갑자기…… 홱~ 돌아서면서……

"도대체 '칼국수' 라고 몇 번을 답해야 알아듣겠어요?"

"……."

순발력 유머!!

넌 이쁜 천사! 난 재봉틀하고 실 살게

나 묻고 싶은 거 있는데 삽 줘

저 아기 가졌어요. 그럼 저 엄마가 이겼네.

날 생각하지 마. 날개도 없으면서

어떻게 너 못 생겼다고 소문 다났어. 나는 망치 생겼는데

넌 정말 재수 없어. 한 번에 대학가야 돼

절 좋아하세요? 저는 성당 좋아해요.

네가 정말 원한다면…… 난 네모 할게.

실은 말이야 사랑했어. 바늘을

이젠 말 할게. 넌 소해

나 미칠 것 같아. 넌 파와 솔을 쳐

나 말리지 마. 나 건조한 거 싫어

자출보대

원양어선 한 척이 출어 3개월 만에 드디어 만선을 해서 귀향하게 되었다.

선장이 모든 선원에게 각자 집으로 전보를 쳐 줄 테니 전보 문안을 만들어 가져 오라고 일렀다.

다 알만한 내용들이었는데 이해가 안 되는 전문이 하나 있었다.

"자출보대! 김만복"

선장을 김만복을 불러 무슨 뜻이냐고 물었다.

김만복의 대답은 "아! 그거요. '자X는 출발하니 보X는 대기하시오' 입니다."

배우자가 사망했을 때

남자든 여자든 배우자를 잃고 나면 남들 앞에서 굉장히 서러워하는 것 같지만 속마음은 기뻐(?) 한다고들 한다.

어느 남자가 먼저 세상을 떠난 아내의 장례식을 다 끝내고 집에 돌아와 샤워를 하면서 지껄이는 말.

(자기 아랫도리를 손바닥으로 툭툭치면서)

"야, 이제부터 너 좀 바빠지겠다."

반대로 남편을 먼저 떠나보낸 아내가 역시 장례식을 끝내고 귀가하여 샤워를 한 다음 화장을 하면서 뇌까리는 말.

(자기 아랫도리를 내려다보며)

"이놈을 전세를 줄까, 월세를 놓을까 아니면 일수를 찍을까."

30층에 사는 치매증 환자

치매증 있는 회사원이 고층아파트 30층에 살았다.

어느날 이 남자는 회사에서 돌아와 엘리베이터가 고장나 있는 것을 보고 그 자리에서 기절했다.

할 수 없이 정신을 차려 힘들게 30층에 올라가서 다시 기절. 그 사이에 엘리베이터가 작동되고 있었다.

아파트 현관문을 열다가 또 기절. 자기가 사는 동이 아니었다.

제대로 옆동으로 가서 30층을 올라갔고 현관문 손잡이를 잡는 순간 기절. 열쇠를 차에 두고 온 것이었다.

다시 내려와서 자동차 문을 열려고 키를 찾다가 또 기절, 열쇠는 주머니에 있었다.

다시 올라가 현관문 손잡이를 돌리는 순간 또 기절. 현관문이 잠겨 있지 않았다.

기진맥진 들어가서 좀 쉬려고 소파에 주저앉아 벽시계를 보는 순간 또 기절. 벌써 출근시간이었다.

옷을 갈아입고 회사 앞에 도착한 순간 또 기절. 오늘은 휴일이었다.

다시 집에 돌아와서 잠옷으로 갈아입고 침대에 누워 자려는 순간 또 기절. 그날 당직이었던 것이다.

울지 않는 장닭

취미겸 부업으로 닭을 기르는 사람이 장닭이 늙어 죽자 새로 듬직한 장닭 한 마리를 사왔다.

그후 열흘이 지나도록 새벽녘이 되어도 장닭이 전혀 울지 않자 닭장사에게 도로 가져가서 물러 달라고 했다.

닭장사 : 댁에 닭장이 따로 있습니까?

주　인 : 네, 물론이죠. 닭장이 널찍하여 아주 좋지요.

닭장사 : 암탉은 있습니까?

주　인 : 물론, 그것도 잘생긴 놈이 10여 마리나 되는데요.

닭장사 : 모이는 잘 주셨나요?

주　인 : 그럼요. 암탉이 여러 마리라 맛있게 먹고 알 잘 낳으라고 매일 영양가 있는 사료를 듬뿍듬뿍 줬지요.

닭장사 : 그러니 장닭이 울지 않지요. 잘 생각해 보세요. 세상에 집 있고, 마누라 있고, 먹을 것 넉넉한데 또 뭐가 부족해서 울어대겠습니까?

부끄러운 향수 사건!

오늘 학교 끝나고 카카오톡 즐기고 있는데 제 친구에게 답 왔습니다.

"야~ 내가 오늘 향수 샀는데, 어떻게 쓰는 거야?"

이렇게 물어보더군요.

그때 '향수는 귀 뒤쪽에 바르면 된다'는 말이 떠올라서

"귀 뒤에 바르면 돼"

라고 문자를 쳤으면 좋았겠지만……

"귀두에 바르면 돼" 이렇게 치고 말았습니다. 헉! 저, 어떡하면 좋죠 ㅠ_ㅠ;

남자애였는데……

한 가지 단점은?

한 남자가 무거운 가방 두 개를 들고 낑낑거리며 걷고 있는데 한 사나이가 다가와서 시간을 물었다.

한숨을 쉬며 가방을 놓고 시계를 보여주며 답했다.

“6시 10분 전이군요.”

시계를 본 사나이가 “우와, 시계 참 멋있군요.”라며 감탄하자 시계 주인은 기분이 좋아져 시계 자랑을 시작했다.

“예, 한 번 보시겠어요?”

버튼을 누르자 세계지도가 나타나는 것이다.

액정화면의 한 나라를 선택하자 그 나라 시각을 또렷하게 알려주는 음성이 흘러나왔다. 고해상도의 화질은 최고의 상태였고 음질도 끝내줬다.

놀라는 사나이에게 그는 계속 얘기했다.

“그 정도 갖고 놀라시긴……”

다른 버튼을 누르자 이번에는 도시 지도가 나타났다.

“여기 깜빡이는 점은 인공위성으로 탐색한 우리의 위치입니다. 서쪽 블록 이동.”

명령을 내리자 화면의 지도가 서쪽으로 스크롤 되며 나타났다.

"이 시계 저한테 파십시오!"

사나이는 흥분하며 소리쳤다.

"안 돼요. 아직 미완성품이거든요. 물론 TV기능, 영상통화기능, 100만 단어 사전 기능, 계산기 기능 등 32가지 파워플한 기능을 제공하기는 하지만 아직 버그가 있어서……"

"저한테 파십시오!"

"글쎄, 안 된다니까요."

"500만 원 드릴게요!"

"아니, 사실 이거 만드는 데 투자한……."

"1000만 원!"

"어허, 그렇게 얘기해도."

"5000만 원 드리겠습니다!"

사나이는 백지 수표를 꺼내 적기 시작했다.

5000만 원이면 본전은 뽑는 셈이다. 사실 두 개까지 만들 수 있는 액수이다.

안달이 난 사나이는 수표를 주며 소리쳤다.

"자, 파시던가 말던가 어서 결정하세요!"

과학자는 잠깐 생각하고 "좋소."라며 시계를 풀었다.

시계를 받은 사나이는 거래에 만족하며 떠나려 했다.

그때, 과학자가 그를 붙잡아 힘들게 들고 왔던 가방 2개를 가리키며 말했다.

"배터리도 가져 가셔야죠."

건망증

엄마가 오래간만에 미장원에 갔다. 주인이 엄마를 반긴다.

"정말 오래간만이네요. 그 동안 안녕하셨어요?"

"네, 덕분에. 오늘 중요한 일이 있으니까 머리 손질 좀 빨리 해 주시겠어요? 시간이 없으니까 30분 안에 완성해 주세요."

"30분 안에요? 네, 알겠어요."

한참 손질하던 주인이 말했다.

"이왕 오신 거 머리를 마는 게 어때요? 훨씬 보기 좋을 텐데……."

훨씬 보기 좋다는 소리에 솔깃한 엄마.

"그럼 어디 간만에 파마나 해 볼까……."

그렇게 엄마를 머리를 말았다. 꼭 3시간 걸렸다.

머리를 만 채 뿌듯한 마음으로 집으로 온 엄마. 집안의 공기가 썰렁했다.

그후 엄마는 언니의 결혼식을 비디오로 봐야 했다.

엄마의 완전 쎈쑤우!!

한 딸이 엄마에게,

"엄마 요즘은 말 뒤에 '삼'을 붙여서 말하는 게 유행이삼. 엄마도 이제부터 말 끝에 삼 붙여서 말하삼."

"그래 알겠어~"

"아! 엄마~!! 뒤에 삼 붙여서 말하삼!!"

"응삼"

장수의 비결

'임표'는 술과 담배를 멀리 했는데 63세에 죽었고, '주은래'는 술을 즐기고 담배를 멀리 했는데도 73세에 죽었다. '모택동'은 술은 멀리하고 담배를 즐겼는데 83세까지 살았고, '등소평'은 술을 즐기고 담배도 즐겼는데도 무려 93세까지 살았다.

특히 장개석 군대의 부사령관을 지낸 장학량은 술과 담배와 여색을 모두 가까이 했는데도 103세까지 살았다.

정작 우스운 것은……

128세나 된 중국 최고령의 노파를 인민일보 기자가 만났다.

기자가 물었다.

"할머니 장수 비결이 뭡니까?"

할머니가 대답했다.

"응, 담배는 건강에 나빠. 피우지 마. 그래서 나도 5년 전에 끊었거든."

술집에서……

한 남자가 술집에 들어와 맥주를 세 잔 시켰다.

그리고는 술잔을 번갈아가며 마시는 것이다.

술집 주인이 의아해서 물었다.

"손님, 한 번에 한 잔씩 마시지 않고 왜 번갈아가며 마십니까?"

그러자 남자 왈,

"사실은 저희는 삼형제인데 서로 멀리 떨어져 살게 되었답니다. 우리는 서로 헤어지면서 약속했죠. 멀리 떨어져 있어도 함께 마시던 추억을 기억하며 나머지 사람 것도 마시자고. 그래서 두 형님과 마시는 기분으로 이렇게 마신답니다."

주인은 고개를 끄떡였다.

남자는 단골이 되어 그 술집에서 유명한 사람이 되었다.

그러던 어느날,

여느 때와 마찬가지로 나타난 남자가 오늘은 어쩐지 술을 두 잔만 시키는 것이다.

순간 가게 안 사람들은 수군수군 불길한 예감을 감지하는 것 같았다.

술을 마시고 있는 그에게 술집 주인은 어렵게 입을 열었다.

"형님일은 참 안 되셨습니다. 어쩌다가……."

그러자 남자는 두 번째 잔을 홀짝이며 답했다.

"두 형님들은 괜찮으십니다. 사실 제가 술을 끊었거든요."

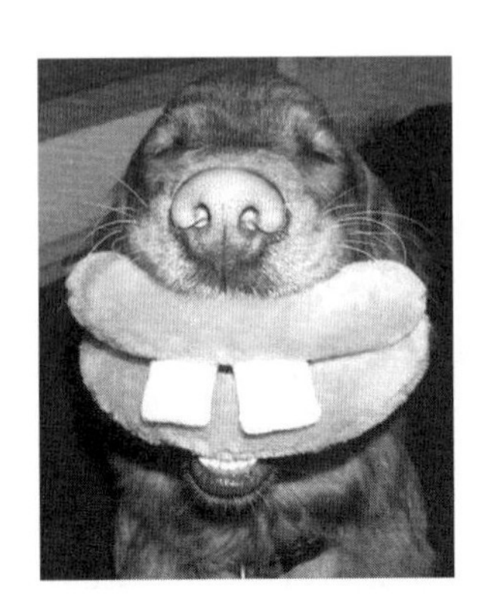

여자가 섹쉬해 보일 때

1위 : 분유 향기가 날 때

2위 : 치마를 입고 무언가 집중할 때

3위 : 샤워한 후 물이 뚝뚝 떨어질 때

4위 : 능숙하게 술을 먹는 모습을 볼 때

5위 : 정신이 없어 보일 때

6위 : 뭐 하나 시켰더니 땀 흘리며 삽질할 때

7위 : 팔뚝에 털이 있을 때

8위 : 깔끔한 츄리닝을 입고 있는 모습을 볼 때

9위 : 밑옷을 벗고 있을 때

10위 : 화장 지운 얼굴을 볼 때

(응용편)

그놈에게 미리 차에 가서 기다리라고 한 다음 샤워 후에 물기를 닦지 말고, 분유를 한입 머금고 팬티는 입지 않고 위에는 츄리닝, 밑에는 치마를 입은 다음 주차장에 세워둔 차까지 어리버리 헤매서 찾아가고 소매를 걷어 붙인 다음 털을 한번 골라주고 갑자기 화장을 지워 주고 옆에서 소주병을 한 번에 원샷 해서 근처 모텔을 지나갈 때쯤 정신을 상실해 버린다.

아주 간단한 자살방법

나 미친X이라고 욕해도 좋아요.

어느 자살 사이트에서 본 거 같아요.

힘든 수험생들이나 학생들한테 권해드리고 싶네요.

뭐 힘들고 그러면 이 자살방법을 응용해 보세요.

먼저요. 500~1000원 정도를 구해요.

그 다음에 집 밖으로 나간 후에 주위를 살펴요.

그 다음에 집 근처에 마트나 문방구 같은 데서 돈을 주면서요.

이렇게 말하면 돼요.

"자, 하나 주세요."

그와 그녀는 다르다!

1. 그녀의 얘기

오늘도 그를 만났다. 이른 아침 학교에 가려고 문을 나서면 그는 어김없이 날 기다리고 있다. 어색하지만, 순진한 모습…… 내 생각으로 밤을 샜는지 충혈된 눈…… 그가 가엾다. 하지만 여자의 매력은 내숭에 있다. 난 그를 새침하게 외면했다.

실망하고 있을 그가 불쌍했지만……

2. 그의 얘기

엿같다. 어제 스타 하다 밤을 샜다.

눈은 씨뻘겋게 충혈됐고 대가리가 졸라 쑤신다.

거기다 오늘도 재수없게 그년을 만났다.

한 번 야리더니 돌아선다. 쫓아가서 뒤통수를 한 대 후리고 싶다.(그랬단 뼈도 안 남겠다.)

아~~ 오늘 하루도 글러먹은 것 같다.

3. 그녀의 얘기

그가 날 따라온다. 오늘도 역시 같은 버스를 타겠지? 후후…… 버스가 왔다. 내가 먼저 탔다. 그가 곧 뒤따라 탔다. 마침

빈 자리가 두 개가 있었다. 오늘 그는 내 옆에 앉게 될지도 모른다. 가슴이 두근거린다.

4. 그의 얘기

그놈이 자꾸 뒤를 힐끔거린다. 그렇지 않아도 머리 아파 죽겠는데 자꾸 빡돌게 한다. 가스내만 아니면…… 하긴 여자라고 보기도 그렇다.

버스가 왔다.

그놈 새치기를 해 먼저 타려고 발광을 한다. 역시 생긴 거답게 아줌마 근성을 보인다. 정말이지 정떨어진다. 앗! 자리가 한 개 남았다. 근데 그놈 옆이다. ㅠ.ㅠ 죽기보다 싫었지만 피곤해서 어쩔 수 없었다.

5. 그녀의 얘기

그가 머뭇거리며 내 옆에 앉았다. 후훗. 정말이지 넘 순수한 것 같다. 내 가슴이 이렇게 뛰는데…… 그의 가슴은 어떨까? 서비스를 해줘야지~~ 그를 보고 웃어줬다.

6. 그의 얘기

아~~피곤하다. 잠을 청해 보려고 했으나, 옆에 앉은 놈 때메 잠이 안 온다. 악! 그놈이 날 야린다. 식은땀이 흘렀다. 내 몸에 손만 대봐라. 바로 아구창을 날리리라~~

7. 그녀의 얘기

하하…… 역시 순진했다. 내가 웃어주자 어쩔 줄 몰라했다. 넘 귀여웠다. 앗! 그가 내게 다가왔다. 하지만…… 잠시 머뭇거리더니 이내 돌아간다.

8. 그의 얘기

더웠다. 이뇬이랑 같이 앉아 있으려니 괜히 식은땀이 흐른다. 창문을 열려고 몸을 그뇬쪽으로 기울인 순간! 속이 메스꺼웠다. 이게 뭔 냄새지? 어디서 똥을 푸나? 윽! 그뇬의 머리 냄새였다. 씨불 시궁창에 머릴 빨았나 보다. 결국 창문을 못 열었다. 코가 얼얼하다. 바리깡을 하나 사줘야겠다 삭발하라고. 창문 좀 열어 달라고 말하고 싶지만…… 왠지 두렵다. 가서 똥냄새가 심한지 이뇬 머리 냄새가 심한지 알아봐야겠다.

9. 그녀의 얘기

앗! 그가 멀미를 하는 것 같다. 찬바람을 쏘이게 하는 게 낫다 싶어 창문을 열었다. 시원한 바람이 밀려들어온다. 그가 날 보고 웃어준다. 그에게 도움을 줄 수 있어 행복하다.

10. 그의 얘기

그뇬이 창문을 열었다. 씨불뇬~~ 그래도 지 잘못은 아나부다. 한번 웃어주었다. 하나 그것도 잠시……

쓰벌~ 바람을 타고 그뇬이 악취가 내 코를 강타(에쵸티 말구~)

한다…… 으~~ 질식할 것 같다.

이것이 정녕 인간의 몸에서 나는 냄새란 말인가. 정신이 몽롱해진다. 행복했던 나의 과거가 주마등처럼 스쳐지나간다. 아~~ 이대로 가는 구나~~~

11. 그녀의 얘기

아~~아쉽다. 이젠 내려야 한다. 그도 아쉬운지…… 고개를 숙인 채 자는 척을 한다. 윽! 어쩌지 갑자기 속이…… 어머! 이를 어째 나도 모르게 실례를 했다. 하지만 소리는 안났으니까. 그의 눈치를 살폈다.

12. 그의 얘기

그놈이 내리려 한다. 휴~~이제 숨통이 좀 트이는가 부다…… 했다. 그런데…… 윽! 이건 진짜 똥구린내다! 정말 독하다. 불쾌지수가 무지 올라간다.

혹시~~? 이번에도 이놈이……? 역시다. 독한놈! 가지가지 한다. 그래도 꼴에 쪽팔린지 얼굴이 빨개진다. 아침은 계란 후라이를 먹었나부다. 티를 내면 쉐질 것 같아 힘들지만 이를 악 물고 버텼다.

서러움에 눈물이 흘렀다……ㅠ.ㅠ

13. 그녀의 얘기

아~~ 다행이다. 그가 눈치를 못 챈 거 같다. 휴~~ 내일은 좀

더 좋은 만남을 기대하면서 그에게 찡긋 미소와 함께 키스를 보냈다. 버스에서 내려 그를 보았다. 그가 기도 하는 모습이 보였다.

아마~~ 날 만나게 된 걸 하느님께 감사하나 부다.

하느님 감사합니다.~~~

14. 그의 얘기

아~~드뎌 내렸구나. 언제 내리나 했다.

어? 근데 저뇬이 내리면서 이상한 짓을 한다.

나에게 주둥이를 내미는 것이었다.

신고 있던 쓰레빠로 열라 갈기고 싶었다.

아~~~~ 하늘이시여 제발 내일 만은 저 뇬을 만나지 않게 해주소서~~~~~ 태어나서 첨으로 신에게 빌었다.

회사에서 짤렸어요!

회사에서 짤렸어요.

왜 짤렸어요?

지각했거든요.

왜 지각했어요?

어제 술 마신다고 늦게 잤어요.

어제 왜 술을 마셨어요?

사장님한테 혼나서요.

사장님한테 왜 혼났나요?

지각해서요-_-;;

애인 바로 잡는 기발한 방법

1. 연인이 바람기가 있습니까?

닭을 먹이십시오! 닭은 날라가지 못합니다.

새장을 열어 두어도 날아 도망가지 못하는 닭처럼 그도 날라가지 못합니다. 당신이 놓아주지 않는 한 그는 그 자리에 있습니다.

2. 연인이 잔머리를 굴리십니까?

닭을 먹이십시오! 사랑에 관한한 닭대가리가 될 겁니다. 계산하지 않고 그대만을 바라보는 닭대가리. 그저 모이만 잘 챙겨주시면 됩니다. 아주 편한 사랑 하실 겁니다.

3. 연인이 좀 약해 보입니까?

닭다리를 먹이십시오! 먹은 만큼 그의 다리와 히프는 튼튼하고 빵빵하게 변합니다. 친구의 남자가 부러우셨죠. 이제 내 남자가 그리 됩니다.

4. 사귄 지 얼마 안 되는 사이입니까?

닭껍데기를 같이 드십시오! 주위 사람들도 징그러워(?)하는 '닭살' 커플이 되실 겁니다.

에로 DVD 빌리는 유형~~~ㅋ

*번개파

주로 없는 프로그램만 찾다가 갑자기 에로물을 하나 갖고 와서는 돈을 던지다시피 주고 휙 가버린다.

*야성파

들어오자마자 "죽이는 DVD 없어요?"라며 노골적으로 야한 것을 찾는 유형이다.

*샌드위치파

가장 흔한 유형. 액션영화 2개에 에로영화 1개씩 샌드위치처럼 끼워서 빌려간다.

*눈치파

주인의 눈치를 계속 본다. 주인에게 살짝 들릴 정도로 "별로 재미있는 게 없네."라고 혼잣말을 하며 무언가 갈망하는 눈빛을 보낸다. 이런 손님들을 잘 파악하지 못하면 그 비디오가게는 금방 문을 닫게 된다.

여자들아 오해 말아라?

남자가 흔히들 말하죠.

"난 여자의 외모보다 마음 씀씀이를 더 봅니다."

그러면 여자들은 생각하겠죠.

거짓말한다고!

하지만 저 말은 절대 거짓말이 아닙니다.

저를 예로 말씀드리자면 여자의 외모를 점수로 환산한다면 외모 : 30점, 마음 : 70점입니다.

마음이 배 이상 높죠.

다만, 중요한 것은 마음은 모두 다 70점 먹고 들어간다는 것입니다.

어른들에겐 모두 비밀이?

한 꼬마가 동네 친구에게 흥미로운 사실을 들었다.

"야, 어른들은 꼭 비밀이 한 가지씩 있거든? 그걸 이용하면 용돈을 많이 벌 수 있다!"

꼬마는 실험해 보기 위해 집에 가서 엄마에게 말했다.

"엄마, 나 모든 비밀을 알고 있어."

그러자 엄마는 놀라서 만 원을 쥐어주며 말했다.

"아가, 절대 아빠에게 말하면 안 된다."

다시 꼬마는 아빠가 들어오길 기다렸다가 아빠에게 슬쩍 말했다.

"아빠, 나 모든 비밀을 알고 있어."

그러자 아빠가 꼬마를 방으로 조용히 데리고 가서 2만 원을 주며 말했다.

"너 엄마에게 말하면 안 돼. 무슨 말인지 알지?"

꼬마는 계속 용돈이 생기자 신이 나서 다음날 아침 우편배달부 아저씨가 오자 말했다.

"아저씨, 나 모든 비밀을 알고 있어요."

그러자 우편배달부는 울먹이며 눈물을 글썽이더니 말하는 것이었다.

“그래 언젠간 이렇게 될 줄 알았다. 이리 와서 아빠에게 안기려무나!” –_–;;

너무 큰 물건

한 남자가 마녀를 찾아가서 말했다.

"저는 물건이 50센티인데 여자들이 너무 크다고 상대를 해주지 않아요. 의사한테 물어봤는데 작게 할 수가 없대요. 무슨 방법이 없을까요?"

그러자 마녀가 대답했다.

"뒤뜰에 가면 개구리가 있는데 그 개구리한테 결혼하자고 해서 개구리가 '싫다' 고 대답하면 물건이 10센티씩 작아질 거야!

남자는 마녀의 말대로 뒤뜰에 가서 개구리를 보고 말했다.

"나와 결혼할래?"

개구리가 대답했다.

"싫어!"

그러자 물건이 10센티 작아졌다.

다시 남자가 물었다.

"나와 결혼할래?"

개구리가 이번에도 싫다고 대답하자 또 다시 물건이 10센티 줄어들어 30센티 되었다.

남자는 아직도 너무 크다고 생각하여 10센티만 더 줄일 생각으로 다시 물었다.

"야아, 나랑 결혼할래?"

개구리가 짜증 섞인 소리로 외쳤다.

"싫어, 싫어, 싫다니까!!"

남자

"허~~ㄱ"

좋아하는 그 애랑 같이 잤습니다!

수업시간에 잠자다가 잠깐 눈떠보니……

……그 애도 자고 있었습니다.

저 원빈을 잘 아는데요……

원빈도 절 알아줬음 좋겠어요…… ㅡ.ㅡ

문답

1. 좀 전에 교통사고 나서 천국에 왔어요. 여기 너무너무 좋네요! 여러분들도 인간세상에서 고생하지 마시고 얼른 천국 오세요.

답 ▶ 쓰바, 간호사! 605호 환자 또 피시방 갔어!

2. 통키 아빠가 피구하다가 죽었죠?
근데 피구하다가 왜 죽었죠?

답 ▶ 피구하다가 결국 못 구해서 죽고 말았습니다.

3. 여자 가슴은 무슨 맛이 납니까?

답 ▶ 살 맛이 납니다.

비둘기에게 빵을

한 아이가 공원에서 비둘기에게 빵을 주고 있었다.

던져주는 대로 쫓아다니며 빵을 먹는 비둘기들은 정말 귀여웠다.

그때 지나가던 아저씨가 마구 화를 내며 말하길……

"얘 저 먼 아프리카 소말리아에는 많은 아이들이 굶주리고 있어. 그런데 그런 것도 모르고 새들에게 빵을 주면 안 돼."

아이가 태연하게 비둘기에게 빵을 던져 주면서 말했다.

"전 그렇게 멀리까지 빵을 던질 수 없어요."

알아서 했다니까

옷 가게에서 비싼 돈을 주고 순모 코트를 하나 산 어느 여자가 다음날 헐레벌떡 그 옷가게로 뛰어 갔다.

"어제 내가 산 이 코트가 분명히 순모라고 했지요?"

"예, 그런데요."

"그럼, 이 안쪽에 붙은 이 표시는 뭐예요? 여기 아크릴 100%라고 씌어 있는 게 보이죠?"

그러자 옷가게 주인,

"아, 그거야 좀벌레들을 속이려고 일부러 붙인 거죠."

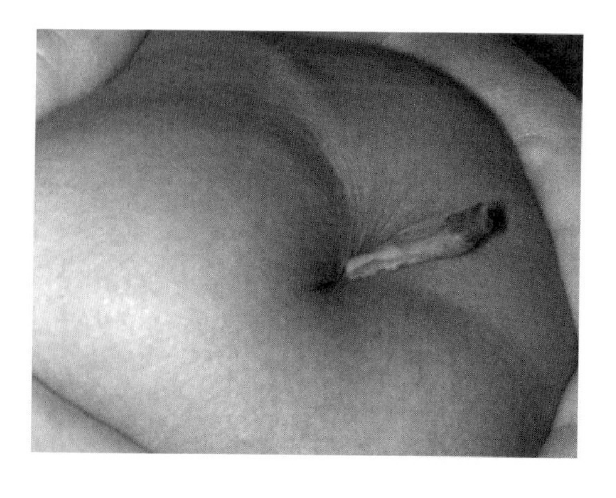

촛불

아기를 무척 갖고 싶어 하는 부부가 신부에게 가서 아기를 가질 수 있게 기도해 달라고 부탁하자 신부가 말했다.

"저는 로마에 가서 안식년과 공부를 더하게 됩니다. 로마에 있는 동안 당신들을 위해 촛불을 켜 놓도록 하겠습니다."

3년 후, 신부가 귀국해서 그 부부가 살고 있는 집에 가보니, 부인이 임신한 몸으로 두 쌍의 쌍둥이들을 돌보느라 쩔쩔매고 있었다.

그 광경을 보고 유쾌해진 신부가 축하해 주려고 남편을 찾았다.

그러자 부인이 대답했다.

"아기가 더 생기지 않도록 그이는 그 촛불을 끄려고 로마에 갔어요."

신의 실수

중년의 여인이 심장발작으로 병원으로 옮겨졌다.

사경을 헤매던 그녀는 드디어 신을 만나게 되었다.

그녀는 신에게 물었다.

"이것이 제 마지막입니까?"

신이 대답하길……

"너는 완쾌되어 앞으로 30년은 더 살 것이다."

수술 후 그녀는 얼굴 주름살 제거 수술이며 지방 흡입, 가슴 성형, 쌍꺼풀 수술 등 많은 성형수술을 받았고, 머리까지 금발로 염색을 하였다.

이윽고 퇴원하는 날.

그녀는 신이 약속한 향후 30년의 시간을 멋지게 보내리라고 다짐하며 병원 문을 나서다 급하게 들어오는 앰뷸런스에 치어 그 자리에서 죽고 말았다.

사망 후 다시 하늘나라로 올라가 신을 만나자 그녀는 신에게 불평을 하였다.

"앞으로 30년은 더 살 수 있을 거라 했잖아요. 신이 어떻게 거짓말을 할 수 있죠?"

"이런, 성형수술이 감쪽같아 너인지 몰랐다!"

키스로 계산할까요?

예쁜 아가씨가 할머니와 함께 옷감을 사러 시장에 갔다.

예쁜 아가씨 : 이 옷감 한 마에 얼마예요?

주인 아저씨 : 한 마 정도는 키스 한 번만 해주면 그냥 드릴 수도 있습니다.

예쁜 아가씨 : 어머! 정말이세요?

주인 아저씨 : 정말입니다.

예쁜 아가씨 : 그럼 다섯 마만 주세요.

주인 아저씨 : (즐거운 표정을 지으며) 여기 있습니다! 그 ~ 럼, 이제 키스 다섯 번 하셔야죠?

예쁜 아가씨 : 계산은 할머니가 하실 거예요!

내무반에서

고참 : 여기 검도한 놈 누구야?

신병 : 제가 사회에 있을 때 검도 좀 했습니다.

고참 : 몇 단인데?

신병 : 2단입니다.

고참 : 2단도 검도 한 거냐? 다른 애 없어?

신병 : 김병장님, 제가 검도 좀 오래 했습니다.

고참 : 몇 단인데?

신병 : 5단입니다.

고참 : 그래? 지금 라면 끓이는데 이리 와서 파 좀 썰어라.

우리 엄마는

〈초딩 때〉

나 : 엄마 옷 사줘.

엄마 : 중학생 되면 사줄게. 계속 크니까 좋은 옷 사봤자 얼마 못 입어.

〈중딩 때〉

나 : 엄마 옷 사줘.

엄마 : 고등학생 되면 사줄게. 계속 크니까 좋은 옷 사봤자 얼마 못 입어.

〈고딩 때〉

나 : 엄마 옷 사줘.

엄마 : 대학생 되면 그때 다 사줄게. 그때 다 크면.

〈대딩 때〉

나 : 엄마 옷 사게 돈 좀……

엄마 : 다 큰놈이 엄마 옷 사줄 생각은 못하고……

성당이나 절에서 절대 결혼하지 맙시다!!

거…… 참……
신부님, 수녀님, 스님……
얼마나 배가 아프겠어요…… ^^

당신과 내가 만난 것은

당신과 내가 만난 인연은 천 년 전에 스친 옷깃 때문입니다.
망할 놈의 옷깃 -_-

버스와 비아그라

한 버스기사가 부인이 성생활에 만족하지 못하는 것을 느끼고 의사를 찾았다.

의사는 버스기사에게 비아그라를 주면서 말했다.

"한 알만 드셔야 됩니다."

버스기사는 집으로 돌아와서 부인 몰래 비아그라를 먹으려 하다가 생각했다.

"나는 세 알 정도 먹어야 효과가 있을 거야."

세 알을 먹은 버스기사는 밤이 되어 부인과 잠자리에 들었다.

버스기사는 무려 세 번을 연거푸 즐겁게 하여 부인을 녹초로 만들었다.

하지만 기뻐할 줄 알았던 부인은 슬픈 표정으로 앉아있었다.

"당신 왜 그래?"

"당신 성생활도 버스를 닮아가는군요."

"왜?"

"생전 기다려도 한 대도 안 오다가 한꺼번에 세 대가 몰려오잖아요?"

어떻게 알았을까?

얼마 전에 일입니다.

밥먹고 설거지를 하는데 애 둘이 조용하대요. 애들이 조용하면 불안하거든요.

안방에서 무엇을 하는지…… 한참이 지났나……

큰딸이 뛰쳐나와서 "엄마 재(동생)가 아빠가 쓰는 물건을 가지고 놀아."

도대체 뭘 갖고 노는데 하며 들어갔더니 콘돔을 꺼내서 손에 끼고 있더라고요. 그래서 얼른 빼앗아서 아깝지만 버리고 가지고 놀지 말라고 주의를 주었지요.

그리고 나서 다시 설거지를 하는데 갑자기 이런 생각이 드는 거예요.

근데 재(큰딸)는 어떻게 아빠가 쓰는 물건인 줄 알았지?

우리 큰딸 지금 여섯 살입니다.－.－;

조폭과 아이스크림

아이크림 집에 조폭처럼 생긴 아저씨가 손님으로 왔다.
귀여운 여자 알바생이 무섭지만 귀엽게 맞이한다.

알바 : 어서오세요.
조폭 : 아이스크림 주세요.
알바 : (미소를 잃지 않으며) 여기 있습니다.
조폭 : 더퍼주세요
알바 : (미소를 잃지 않으며 조금 더 퍼 준다) 여기 있습니다.
조폭 : 더퍼달라고여!
알바 : (미소를 잃지 않으며 조금 더 퍼 준 후) 여기 있습니다.
조폭 : (조금 화나씀) 더퍼달라고!!(반말)
알바 : (미소를 잃지 않으며 왕창 퍼줌) 여기 있습니다.
조폭 : (왕창 화를 내며) 아니 뚜껑 덮어달라고!!!

다 뒤집어진 이유

지하철을 탔는데 어떤 날씬하고 키 큰 아가씨가 배꼽티를 입고 서 있었다.

서 있는 자리가 노약자석 앞이었는데 앉아 계시던 할머니가 살며시 미소를 지으며 그 아가씨의 배꼽티를 자꾸 밑으로 끌어내리는 것이었다.

아가씨는 놀래서

"왜…… 왜 그러세요?"

근데 할머니는 귀가 어두우신지 그냥 계속 아가씨의 옷을 내리고 계시는 것이다.

그러곤 천사 같은 표정을 지어보이며 한 마디 하셨다.

"아이고 착해라, 동생 옷도 물려 입고 요즘 이런 아가씨가 어디 있을까."

지하철 안에 있는 사람들 다 뒤집어졌다.

어려워서

스탠퍼드 대학교 경영대학워에서 경제학을 강의하는 교수가 자기가 전에 강의를 들었던 MIT의 로버트 M. 솔로라는 교수가 1950년에 쓴 논문으로 1987년도 경제학 부문 노벨상을 수상했다는 얘기를 했다.

"그렇게 오래 전에 쓴 논문이 어째서 최근에 와서야 인정을 받게 됐습니까?"
하고 어떤 학생이 물었다.

"어려워서 읽고 이해하는데 오래 걸렸겠지."

양다리 걸친 남자의 고민

회사 옥상에서 철수와 동료들이 대화를 나누고 있었다.

"자네, 요즘 미스 리하고 미스 최에게 양다리를 걸치고 있다는 소문이 사실인가?"

"응, 사실이야. 하지만 요즘은 그것 때문에 고민이 많아."

"왜? 아하, 최종적으로 누굴 선택해야 할까?"

"아니, 그게 아니라 나머지 다리 하나는 누구한테 걸칠까 하고 말이야."